Philipp Harras von H

Geschichte der Codification des österreichischen Zivilrechtes

SALZWASSER
VERLAG

Philipp Harras von Harrasowsky

Geschichte der Codification des österreichischen Zivilrechtes

1. Auflage | ISBN: 978-3-75251-808-5

Erscheinungsort: Frankfurt am Main, Deutschland

Erscheinungsjahr: 2020

Salzwasser Verlag GmbH, Deutschland.

Nachdruck des Originals von 1868.

Geschichte

der

Codification

des

österreichischen Civilrechtes

von

Dr. Philipp Harras Ritter von Harrasowsky,

k. k. Landesgerichtsrath und Privatdocent an der Universität zu Wien.

———▶•◀———

Wien.

Verlag der G. J. Manz'schen Buchhandlung.

1868.

Vorrede.

___

Unter den Aufgaben, welche die Geschichte des
österreichischen Civilrechtes zu lösen hat, blieb jene
bisher ganz vernachlässigt, welche den Entwick-
lungsgang der Gesetzgebung seit dem Zeitpuncte
darzulegen hätte, in welchem man zuerst an die
Verwirklichung des Planes ging, an die Stelle der
mannigfaltigen Provinzialrechte ein einheitliches, codificirtes Gesetzbuch zu setzen. Die Lösung dieser
Aufgabe wäre aber gerade für Oesterreich von einer
weit grösseren Wichtigkeit, als die Lösung einer
gleichartigen Aufgabe in irgend einem andern Lande.
Es würde dadurch nicht bloss das Verständniss und
die Anwendung des bestehenden Gesetzes erleichtert,
sowie eine grössere Sicherheit für die Anknüpfung
von Reformbestrebungen erzielt, man gewänne auch

einen besseren Einblick in die geistigen Kämpfe
zwischen provinzieller Besonderheit und Rechtseinheit, zwischen Standesverschiedenheit und Rechts-
gleichheit, aus denen unser heutiges Recht hervorging. Diese Kämpfe haben aber auf die fernere
Rechtsentwicklung und auf die dadurch bedingte
Gestaltung aller Lebensverhältnisse einen ungleich
grösseren Einfluss geübt, als die Idee, in die Rechtsentwicklung durch eine Codification einen Abschluss
zu bringen. Die Idee der Codification wurde in den
österreichischen Ländern sehr frühzeitig zumeist im
16. und 17. Jahrhundert, zum Theil aber viel früher
gepflegt. Dieselbe entsprang dem Bestreben, Gewissheit über das herbeizuführen, was als geltendes
Recht anzusehen sei. Wenn auch in manchen Ema-
nationen der älteren Gesetzgebung die Absicht durch-
leuchtet, zu verbessern, so erscheint doch — namentlich so weit es das Civilrecht betrifft — die
Fixirung des Bestehenden als die Hauptaufgabe. Zu
einer ganz andern Thätigkeit war man genöthigt,
als man es unternahm, die Verschiedenheiten, ja
die grellen Gegensätze der Provinzialrechte zu einem
einheitlichen Rechte umzubilden, und als man diess
zu einer Zeit unternahm, da sich ein staatlicher
Umbildungsprocess in Oesterreich vollzog, während
gleichzeitig die Gemüther von den allgemeinen geistigen Kämpfen des 18. Jahrhunderts erfüllt waren.

V

In dem Nachstehenden wird der Versuch gemacht, den Gang der Codificationsarbeiten zu schildern, und mit der Darstellung des äussern Ganges dieser Arbeiten so viel von der inneren Rechtsgeschichte zu verbinden, als nöthig scheint, um die Reformbestrebungen jener Zeit zu characterisiren. Vorausgeschickt wurden einige Notizen über die Codificationsarbeiten, welche in den einzelnen Ländern vorhanden waren, als man an die Ausarbeitung eines für das ganze Reich bestimmten Gesetzbuches schritt, da jene Arbeiten ein Material bildeten, das bei der Codificirung unseres heutigen Rechtes benützt wurde. Die Vervollständigung dieser Notizen, namentlich so weit sie sich auf die Entstehungsgeschichte der provinziellen Codificationen beziehen, dürfte nur bei Benützung der in den einzelnen Ländern vorhandenen urkundlichen Quellen möglich sein. Dieser geschichtliche Versuch konnte sich nur zur Aufgabe setzen, durch Benützung der hier erreichbaren Quellen zur Benützung jener Quellen, welche Anderen leichter als dem Verfasser zugänglich sein dürften, anzuregen. Anregung war auch nach der Richtung hin der Zweck dieser Arbeit, als dieselbe bemüht war, erkennbar zu machen, welcher Gewinn aus der Benützung der vorhandenen Materialien für die Darstellung einer inneren Rechtsgeschichte unseres Civilrechtes erzielt werden könnte.

Als Quelle dieser Arbeit dienten die Acten der bestandenen Gesetzgebungs - Hofcommission, oder vielmehr die bei dem Justizministerium befindlichen Reste dieser Acten; einige Mittheilungen wurden aus den Acten des obersten Gerichtshofes und des Ministeriums des Innern geschöpft. Die letzteren Acten wurden im Verlaufe dieser Arbeit genau bezeichnet; hinsichtlich der Acten der Gesetzgebungscommission schien diess nicht nöthig, weil dieselben jetzt ohne Schwierigkeit aufgefunden werden können, indem sie besondere, nur diesem Gegenstande gewidmete und nach der Zeitfolge geordnete Acten-Fascikel bilden.

Wien im Mai 1868.

Inhalt.

I. Codificationsarbeiten für einzelne Länder.

Das Bedürfniss nach Codificirung des bestehenden Rechtes
trat unter den deutsch-österreichischen Ländern zuerst in
Böhmen und Mähren an den Tag. Der erste Versuch,
der in dieser Richtung in Böhmen gemacht wurde, fällt
an das Ende des 13. Jahrhunderts in eine Zeit, in
welcher politische Wirren den Mangel der Rechtssicherheit
recht fühlbar machten, er fällt aber auch zusammen mit
dem Beginne der Ausbreitung des römischen Rechtes in
dem östlichen Theile Deutschlands. Der letztere Umstand
macht es erklärlich, dass König Wenzel II. den Rechts-
lehrer Goczius aus Orvieto über Empfehlung des Kardinals
Matteo Rosso an seinen Hof zog, um ihm die Codificirung
der böhmischen Landesrechte zu übertragen, und als dieser
Plan misslang, einen Mann aus Böhmen Namens Conrad an
die Rechtsschule zu Orleans schickte, damit er sich dort
durch das Studium des römischen und canonischen Rechtes
die zur Uebernahme von Codificationsarbeiten nöthige Befähigung aneigne. Der Widerspruch der Stände war es,

an dem der Versuch der Codificirung des Landesrechtes
scheiterte [1]). Die damalige politische Lage und die nach-
folgenden Ereignisse lassen erkennen, dass es der Kampf
des Adels gegen das Königthum und gegen das Bürger-
thum war, welcher die Stände bestimmte einer festen Ab-
grenzung ihrer Rechte in jener Zeit entgegenzutreten. Es
war also der das öffentliche Recht betreffende Theil der
Landesrechte, über den man sich nicht einigen konnte;
der Schwierigkeiten, welchen man bei der Ausarbeitung des
privatrechtlichen Theiles begegnet wäre, und die darin
lagen, dass es sich um eine Compilation deutscher, slavi-
scher und römischer Rechtselemente gehandelt hätte, scheint
man sich damals nicht bewusst geworden zu sein.

Diese Schwierigkeiten hielten auch nicht ab in der
ersten Hälfte des 14. Jahrhunderts eine das materielle und
formelle Recht in zwei Abtheilungen behandelnde Compilation des Landesrechtes zu verfassen. Die Stände waren
jedoch aus den gleichen Gründen, die den Bestrebungen
Wenzels II. entgegengesetzt wurden, nicht zu vermögen,
den ihnen durch Carl IV. vorgelegten Entwurf der Landesordnung anzunehmen. Der Widerstand gegen diese Compilation war so gross, dass es zum Gegenstande eines eigenen
Landtagsbeschlusses wurde, auszusprechen, dass dieselbe
keine Gesetzeskraft haben solle.

Trotzdem gelangte dieser Entwurf als ein Rechtsbuch
zur Geltung, wurde gleich einem Gesetze angewendet, erfuhr aber auch mehrere Aenderungen, welche über die
Grenzen redactioneller Umarbeitungen hinausgingen. Diesen
Zustand erklärte man erst dann als unbefriedigend, als es
den höheren Ständen gelungen war, in den politischen
Kämpfen die Oberhand zu gewinnen. Dann traten sie und

---

[1]) Roessler, Die Stadtrechte von Brünn. Prag 1852. S. CXXIV.

zwar am Ausgange des 15. Jahrhunderts mit dem Begehren um Fixirung der Landesrechte vor.

In einer verhältnissmässig kurzen Zeit kam die im Jahre 1500 von Wladislaw II. sanctionirte Landesordnung zu Stande, die sich, da ja nur die mit dem öffentlichen Rechte zusammenhängenden Fragen einen Gegenstand des Streites bildeten, zum grossen Theile auf das unter Carl IV. zu Stande gekommene Rechtsbuch stützen konnte [1]).

Der durch diese Landesordnung geschaffene Zustand befriedigte nicht; noch im Laufe der ersten Hälfte des 16. Jahrhunderts beschäftigte man sich mit einer Revision, aus welcher die im Jahre 1565 sanctionirte Landesordnung hervorging. Diese wurde wieder die Grundlage von Revisionsarbeiten, deren Beendigung zur Zeit des Ausbruches des dreissigjährigen Krieges noch nicht erfolgt war. Nach der Schlacht am weissen Berge wurde die durch den Krieg unterbrochene Codificationsarbeit wieder aufgenommen. Die Feststellung des öffentlichen Rechtes bildete auch noch in dieser Zeit die Hauptaufgabe. Diess geht namentlich aus dem Hofdecrete hervor, in welchem die drei Hauptgesichtspuncte für die vorzunehmende Umarbeitung der nach dem Jahre 1620 beendeten Revision der Landesordnung vorgezeichnet wurden. Das Hauptaugenmerk sollte nach diesem Decrete darauf gelegt werden, dass „der katholischen Reli- „gion in nichts präjudiciret, das jus regium salviret, und „ein aequabile jus privatorum zwischen denen eingebornen „Böhmen und denen Ausländern so unter der Zeit — „eingenommen worden oder künftig in das Land kommen „möchten, festgesetzet werde." In dieser Aufgabe lag wohl

---

[1]) Mittheilungen des Vereines für Geschichte der Deutschen in Böhmen. 5. Jahrgang, 4. Heft. 6. Jahrgang, 3. Heft. Abhandlungen von Julius Lippert und Dr. Franz Pelzel.

auch der Grund, dass man die Durchführung dieser Codificationsarbeiten nach Wien an den Sitz der Centralregierung
zu ziehen bemüht war. Auffallend ist hiebei auch die
Plötzlichkeit, mit welcher man sich für diese Aenderung
entschied. Am 12. März 1625 wurde eine Commission er-
nannt, welche die Umarbeitung der Landesordnung in Prag
vornehmen sollte; wenige Wochen später und zwar am
7. April desselben Jahres wurde dagegen verfügt, dass die
Umarbeitung in Wien vorgenommen und zu diesem Zweck
ein der deutschen und böhmischen Sprache kundiger, in
den Landes- und Stadtrechten bewanderter Mann nach
Wien geschickt werde. Den Ständen wurde gleichzeitig
aufgetragen, das Material zu dieser Arbeit zu liefern und
die Landesordnung sowie die Landtagsschlüsse herauszu-
geben; ein Auftrag, mit dessen Erfüllung so sehr gesäumt
wurde, dass eine Betreibung sich als nothwendig erwies.
In dem Decrete, das die Codificationsarbeiten an den Sitz
der Centralregierung verlegte, wurde zugleich die Aufgabe
derselben dahin erweitert, die Gesetzgebung auf den Stand
zu bringen, dass von allen Gerichten des Königreiches
nach gleichem Rechte gesprochen werde, und zu diesem
Ende auch die Stadtrechte zu revidiren. Diese letztere
Aufgabe wurde zwar nicht erfüllt, jedoch auch nicht aufgegeben, sondern vielmehr in dem Kundmachungspatente
zu der am 10. Mai 1627 sanctionirten Landesordnung der
Zukunft vorbehalten.[1] Durch diesen Act erhielten die
Codificationsarbeiten, welche sich durch mehrere Jahrhunderte hingezogen hatten, einen Abschluss, und zugleich
wurde die Bahn für die weitere Rechtsentwicklung vorgezeichnet, indem die landesfürstliche Machtvollkommenheit

[1] Hofdecrete vom 12. März, 7. April, 5. Juli 1625. Archiv des
Ministeriums des Innern II. A. 1.

als die einzige Quelle der Rechtsbildung anerkannt, allen andern Rechtsquellen aber die rechtserzeugende Kraft ausdrücklich abgesprochen wurde. Im Hinblick auf diese Aenderung erscheint es doppelt bemerkenswerth, dass die böhmische Landesordnung nach dem Ausspruche des Kundmachungspatentes mit Rücksicht auf die in den anderen österreichischen Ländern geltenden Rechte corrigirt wurde. An die gesetzgebende Gewalt des Landesfürsten wurde in der Folge auch sehr häufig appellirt, und man war schon am 1. Februar 1640 in der Lage, eine ziemlich umfangreiche Sammlung von Novellen und Declaratorien zu publiciren.

Aehnlich wie in Böhmen verhielt sich der Gang der Codificationsarbeiten auch in Mähren.

Die erste Codificirung des Landesrechtes trat gegen das Ende des 15. Jahrhunderts in's Leben, und zwar in der Form eines Rechtsbuches, welches Ctibor von Cimburg im Auftrag der Stände verfasste. Dieses mehrfach veröffentlichte und umgearbeitete Werk bildet die Grundlage der im Jahre 1535 genehmigten Landesordnung, welche durch eine im Jahre 1531 auf Andringen der Stände eingesetzte Commission verfasst worden war. Kaum waren drei Jahre nach der Sanctionirung dieser Landesordnung verstrichen, so drangen die Stände bereits auf eine Revision derselben, und erwirkten auch die Einsetzung einer mit dieser Aufgabe betrauten Commission. Dieselbe wurde im Laufe der Zeit wiederholt erneuert ohne ihre Aufgabe zu erfüllen. Es erschienen zwar im Jahre 1539 und im Jahre 1604 neue Ausgaben der Landesordnung, und zwar die letztere mit, die erstere ohne königliche Genehmigung; dieselben unterscheiden sich aber von der Landesordnung vom Jahre 1535 kaum anders als durch Aufnahme der Nachträge. Das Erscheinen dieser neuen Ausgaben unterbrach auch die Thätigkeit der Revisions-Commissionen, welche immer wieder von Neuem eingesetzt wurden, nicht. Diese Arbeiten fanden erst einen Abschluss, als Ferdinand II. nach der Schlacht am weissen Berge für Mähren eine Landesordnung am 10. Mai 1628 — fast gleichzeitig mit dem Erscheinen der böhmischen Landesordnung — aus eigener Machtvollkommenheit ohne Zuziehung der Stände oder ihrer Vertreter erliess. Dieselbe blieb auch gleich der böhmischen Landesordnung nicht lange ohne Erläuterungen und Novellen. Die umfangreichste dieser Novellen erfloss, veranlasst durch ein Einschreiten der Stände, schon am 29. Juli 1638. [1])

Die böhmische und mährische Landesordnung, welche durch gleichlautende Kundmachungspatente publicirt wurden, sind der Eintheilung und dem Inhalte nach, namentlich hinsichtlich der privatrechtlichen Bestimmungen, nahezu mit einander übereinstimmend. In beiden Landesordnungen sind die dem Civilrechte gewidmeten Titel an die Spitze des zweiten Theiles gestellt. Dieselben behandeln zuerst einzelne Theile des Obligationenrechtes, dann das eheliche Hüterrecht, die Vormundschaft und das Erbrecht, und schliessen mit den „Praescriptionen und Verjährungen". Keiner dieser Theile des Civilrechtes wird erschöpfend behandelt; jeder Titel enthält nur eine lose zusammengefügte Reihe von Bestimmungen, welche sich auf den Gegenstand der Titelüberschrift beziehen. Bei der grossen Uebereinstimmung des Inhaltes der beiden Landesordnungen muss das auffallen, dass die Art der Titelbezeichnung verschieden ist — in der böhmischen Landesordnung mit Buchstaben,

---

[1]) Chytil, Die Landesordnungen des Markgrafenthums Mähren. Schriften der historisch-statistischen Section der k. k. m. schl. Gesellschaft des Ackerbaues, der Natur- und Landeskunde. 4. Heft. Jahrg. 1852.

in der mährischen mit Ziffern — und dass an dieser Verschiedenheit durch sehr lange Zeit mit grosser Zähigkeit festgehalten wurde.

Im 16. Jahrhundert, das in Böhmen und Mähren viele Codificationsarbeiten in's Leben rief, fanden gleichartige Arbeiten auch in den österreichischen Ländern — im engeren Sinne des Wortes — statt. Tyrol war das Land, welches die erste Landesordnung erhielt, die in neun Büchern das öffentliche Recht, den Civilprozess, einzelne Theile des Civilrechtes, Verwaltungsvorschriften und das Strafrecht behandelt. Dieselbe wurde bei dem im Jahre 1525 in Insbruck abgehaltenen Landtage ausgearbeitet und im Jahre 1526 von Kaiser Ferdinand I. unter Vorbehalt der aus landesfürstlicher Machtvollkommenheit vorzunehmenden Aenderungen genehmigt. Die Stände begehrten aber schon im Jahre 1529 eine Revision dieser Landesordnung, welche zum Theile auch aus dem Grunde, weil die Landesordnung nicht in allen Landestheilen angenommen worden war, beschlossen wurde. Die Aufgabe der Revision fiel aber nicht den Ständen, sondern der Regierung zu, welche sich nur des Rathes der ständischen Verordneten bediente. Die aus dieser Revision hervorgegangene am 26. April 1532 genehmigte Landesordnung erscheint als bloss auf landesfürstlicher Machtvollkommenheit beruhend.

Dem Civilrechte ist das dritte Buch dieser Landesordnung ausschliesslich gewidmet, dasselbe beschäftiget sich mit dem ehelichen Güterrechte, dem Erbrechte und der Vormundschaft; ausserdem sind zahlreiche civilrechtliche Bestimmungen mit Verwaltungsvorschriften, namentlich mit jenen verbunden, welche im fünften Buche enthalten sind und sich auf Reallasten beziehen. Viel länger als in Tyrol dauerten die Codificationsarbeiten in Nieder- und Oberösterreich, und lieferten fast nur ein Material für die Codificationsarbeiten des 18. Jahrhunderts; nur einzelne Theile der für Niederösterreich ausgearbeiteten Landesordnung erhielten Gesetzeskraft.

In Oberösterreich wurde nach dem Tode des Kaisers Max I. von einigen Ständemitgliedern eine Landesordnung ausgearbeitet, welche nur eine provisorische Wirksamkeit bis zur Einsetzung einer Regierung haben sollte; die verbindliche Kraft derselben beruhte nur auf der Vereinbarung, welche die Ständemitglieder, die die Landesordnung verfassten, unter einander trafen. Der Inhalt derselben bezieht sich zumeist auf die Aufrechthaltung der Sicherheit im Lande. Diese Landesordnung kann demnach nicht einmal als eine Vorläuferin der Codification angesehen werden, welche in der Zeit von 1571 bis 1618 über Anregung der Stände unter dem Namen einer Landtafel ausgearbeitet worden ist. Dieselbe behandelt in sechs Theilen das öffentliche Recht, den Civilprocess, einzelne Theile des Civilrechtes und das Lehenrecht. Der dritte Theil mit 46 Titeln ist den „Contracten" mit Einschluss des ehelichen Güterrechtes und der Vormundschaft, der vierte Theil mit 32 Titeln der testamentarischen und der fünfte Theil mit 15 Titeln der gesetzlichen Erbfolge gewidmet. Bestimmungen über das Verfahren in Nachlassfällen sind theils mit den Bestimmungen über die testamentarische, theils mit jenen über die gesetzliche Erbfolge verbunden. Die Unruhen, welche zu Anfang des 17. Jahrhunderts in Oberösterreich herrschten, standen der Durchführung regelmässiger Berathungen über den Entwurf der Landtafel entgegen. Nach Beendigung der Unruhen wurde die Revision dieses Entwurfes in Angriff genommen; die Initiative hiezu ging aber nicht mehr von den Ständen, sondern von der Hofstelle aus, welche die niederösterreichische Regierung mit der Begutachtung der obderensischen Landtafel betraute.

Das Gutachten liess lange auf sich warten, und machte
wiederholte Betreibungen nöthig, die zum Theil über Andringen der Stände erfolgten, welche darüber Klage führten,
„dass das Land von practicirten Leuten entblösst sei, und
„dass sowohl das Justizwesen als die ganze Polizei einer
„gewissen Regel und Richtschnur bedürfe." Der Inhalt
der zu diesem Zwecke erlassenen Decrete ist für die Auffassung jener Zeit von grossem Interesse. In einem derselben vom 29. December 1628 wird dem zu erstattenden
Gutachten als Zweck vorgezeichnet, sich darüber auszusprechen: „wie die Landtafel der Zeit und des Landes
„Stand und Beschaffenheit nach zu ihrer kaiserlichen Maje-
„stät Hoheit und Deputation auch des Landes Wohlfahrt
„in einem und andern zu corrigiren, renoviren und in be-
„ständig guter Ordnung zu erhalten sey." In diesem Decrete wird auch darüber Klage geführt, „dass durch die
„Landesunruhen und schädliche Rebellion allerlei Veränder-
„ungen und Confusionen in guten Satzungen, Ordnungen
„und Gebräuchen, dann dass Uebergriffe der Stände und
„namentlich der Unkatholischen über die Grenzen ihrer
„vermeintlich habenden Landesfreiheiten in die Rechte des
„Landesfürsten stattfanden, woraus sie gleichsam eine
„Libertät suchen und erzwingen wollen." Schliesslich wird
die Versicherung abgegeben, dass der Kaiser die Landtafel
zwar bestätigen wolle, aber nur „der landesfürstlichen
„Hoheit wie dem Vaterland und der Stände Ehren und
„Wohlfahrt zum Besten."

Das Gutachten der niederösterreichischen Regierung
wurde dem oberösterreichischen Landeshauptmanne am
2. Juni 1631 mitgetheilt, nicht zu dem Ende, „damit die
„Stände daran etwas zu corrigiren oder zu ändern ge-
„denken, sondern damit sie erinnern können, wenn etwas
„dem Land und der lieben Justiz in einem oder dem an-

„dern Puncte nützlicher fürgesorgt werden könnte, und
„desshalb das Werk, daran dem ganzen Lande viel ge-
„legen, mit desto besserer Beständigkeit vorderst aber zu
„grösserer Reputation des Kaisers ausgefertigt und practi-
„cirt werden möge."

Dem Landeshauptmann wurde es hiebei anheim gegeben, wen er zu der Commission, die zu diesem Zwecke
aus Landräthen und Mitgliedern der Stände gebildet werden sollte, zuziehen wolle.

Seit dieser Zeit scheint sich die Aufmerksamkeit der
Centralregierung ausschliesslich den Codificationsarbeiten
zugewendet zu haben, welche in Niederösterreich im Zuge
waren. Dieselben begannen im Jahre 1565 mit Einsetzung
einer Commission, die aus eilf Mitgliedern des Herren- und
Ritterstandes so wie aus vier Doctoren der Rechte bestand,
und die Landtafel, die Landgerichtsordnung und die Polizeiordnung ausarbeiten sollte. Diese Commission scheint
jedoch nicht lange in Thätigkeit gewesen zu sein, denn
schon im Jahre 1577 wird darüber Klage geführt, dass die
Codificationsarbeiten durch die anderen wichtigeren Angelegenheiten, mit denen sich die Landtage zu beschäftigen
haben, verdrängt werden. Gleichzeitig wird, „da dem
„Land an der Förderung dieser Angelegenheiten sehr ge-
„legen ist und dem Kaiser die Verantwortung bei Gott
„obliegt," angeordnet, einige Landtagsmitglieder vor dem
nächsten Zusammentreten des Landtages einzuberufen, damit
diese die nöthigen Vorarbeiten machen, um den Landtag in
den Stand zu setzen, die Codificationsarbeiten zu beenden.

Diesem Auftrage entsprachen jedoch die Ständemitglieder nicht, indem sie sich damit entschuldigten, dass die
Reise und der Aufenthalt am Versammlungsorte des Landtages, den sie im Laufe des Jahres schon dreimal aufsuchen mussten, ihnen zu grosse Unkosten mache. Der

Landtag beschloss sohin auch, die Landtafel, auf welche das grösste Gewicht gelegt worden zu sein scheint, im Landrecht berathen zu lassen. Der Entwurf einer Landtafel, welche später Landesordnung genannt wird, so wie auch der Landgerichtsordnung scheint auch auf diese Weise zu Stande gekommen zu sein, denn im Jahre 1628 wurde eine Commission eingesetzt, um die Landtafel und die Landgerichtsordnung zu revidiren, so wie eine Polizeiordnung zu verfassen. In dem zu diesem Zwecke erlassenen Decrete vom 29. Jänner 1628, welches der Zeit nach nahezu mit der Anordnung der Revision des Entwurfes der oberösterreichischen Landtafel zusammentrifft, wird darüber Klage geführt, dass bisher nichts geschehen sei, denn diess ist „dem gemeinen Wesen nachtheilig, weil sowohl „in Land- und denen Justizsachen, als in der Polizei bei „hohen und niedern Standespersonen allerlei beschwerliche „Neuerungen, Missbräuche und schädliche Unordnungen „eingerissen sind, welche nicht anders als durch ein wohl- „berathschlagtes Werk in die rechte Regel und Richtschnur „wieder gebracht und gelegt werden können."

Die Codificationsarbeiten lagen in dieser und der folgenden Zeit nicht mehr ausschliesslich in der Hand ständischer Organe; diese bildeten vielmehr nur den Beirath, während die Hauptarbeit von Regierungsorganen verrichtet wurde. Einzelne Arbeiten wurden, wie es scheint, besonderen Fachmännern übergeben. Das Hofdecret vom 9. März 1657 erwähnt eines von vier Rechtsgelehrten über Auftrag verfassten Lehentractates, welcher von den zur Revision der Landesordnung bestimmten Ausschüssen in Erwägung gezogen werden sollte. In diesem Decrete wird von einer durch Abgeordnete aus Nieder- und Oberösterreich gebildeten Lehenconferenz gesprochen, welcher der Lehentractat vor der Abgabe an die oben erwähnten Ausschüsse zur

Prüfung mitgetheilt werden sollte. Diese Massregel verdient hervorgehoben zu werden, weil sie das erste Beispiel einer mehreren Ländern gemeinsamen legislativen Verhandlung bildet.

Trotz wiederholter Betreibungen gelang es nicht, die Ausarbeitung der Landesordnung zum Abschluss zu bringen. Mehr als ein Jahrhundert war seit der Einsetzung der ersten Commission verflossen, als man mit dem Decrete vom 6. September 1667 neuerlich mit Berufung auf den Wunsch des Kaisers und die Bitte der Stände darauf dringen musste, „dass das gemeinnützige und nothwendige „Werk einer gewissen Landesordnung über vieljährige dahin „schon angewendete kostbare Zeit, Mühe und Spesen der-„malen zur Endschaft und Publication gebracht werde." Man suchte zugleich auf die wünschenswerthe Beschleunigung durch die Anordnung hinzuwirken, dass die einzelnen Theile der Landesordnung, so wie die Berathung derselben beendet würde, mit Umgehung der niederösterreichischen Regierung, unmittelbar der Hofstelle übergeben werden sollten. Die Durchführung dieser Massregel muss auf Schwierigkeiten gestossen sein, denn die Anordnung wurde im Jahre 1672 mit dem Beifügen wiederholt, dass die Hofstelle es sich vorbehalte, eine Berathung vor der Unterbreitung zur Sanction zu veranstalten, und zu derselben neue Räthe zuzuziehen.

Die Landesordnung sollte aus fünf Büchern bestehen, welche dem Civilprocesse, der Vormundschaft, dem Erbrecht, dem Lehenrecht und vielen Verwaltungsvorschriften gewidmet waren.

Dieselben erlangten nur zum Theile und in verschiedenen Zeiträumen die landesfürstliche Sanction. Zuerst wurde die Gerhabschaftsordnung, welche das zweite Buch der Landesordnung bilden sollte, und zwar als selbständiges

Gesetz, mit der Genehmigung vom 18. Februar 1669 publicirt. Nach zehn Jahren erlangte der erste Theil des fünften
Buches Gesetzeskraft, welcher unter der Bezeichnung tractatus de juribus incorporabilibus am 13. März 1679 sanctionirt wurde. Vom Lehenrecht waren die ersten zwei Titel
im Jahre 1771 genehmigt worden; dieselben wurden jedoch
über Andringen der Stände neuerlich in Berathung genommen, theils weil diese mit einzelnen Bestimmungen
nicht einverstanden waren, theils weil in der Commission
nicht alle vier Viertel des Landes vertreten waren. Damit
gerieth die Arbeit wieder in's Stocken, so dass die Stände
im Jahre 1684 wieder dringend um die Sanctionirung des
Lehenrechtes bitten mussten, wobei sie zugleich ihre Bitte
auch auf die Sanctionirung des Erbrechtes, dem das dritte
und vierte Buch der Landesordnung gewidmet waren, aus-
dehnten. Der Theil des Erbrechtes, welcher die gesetzliche
Erbfolge zum Gegenstande hat, wurde erst nach sechsund-
dreissig Jahren genehmigt und publicirt; die testamentarische
Erbfolge erfuhr eine neue gesetzliche Regelung erst durch
die Codificirung des ganzen Civilrechtes, welche den Abschluss der Codificationsarbeiten des 18. Jahrhunderts bildete; mit der Codificirung des Lehenrechtes fuhr man fort
sich zu beschäftigen, ohne dieselbe bis zum heutigen Tage
zum Abschlusse gebracht zu haben. [1]

In den innerösterreichischen Ländern fanden gleichfalls
im 16. Jahrhundert Codificationsarbeiten statt; dieselben
bewegten sich jedoch auf dem Gebiete des Strafrechtes und
des Civilprocesses, nicht aber auf dem des Civilrechtes.
Einzelne civilrechtliche Bestimmungen, die sich zumeist auf

---

[1] Die Daten über die Codificationsarbeiten in Nieder- und Ober-
Oesterreich sind den Acten des obersten Gerichtshofes entnommen.
Fascikel 106.

das Erbrecht und die Vormundschaft beziehen, finden sich vor in den Sammlungen der Landhandveste, welche für Steiermark in den Jahren 1583 und 1635, für Kärnthen im Jahre 1610 und für Krain im Jahre 1687 im Auftrage der Stände veranstaltet wurden.

Zu erwähnen sind noch die für Görz und Gradisca erlassenen Constitutionen, und die Statute der Stadt Triest, da dieselben in der Form von Codificationen erschienen. Die ersteren wurden im Jahre 1605 unter Erzherzog Ferdinand in lateinischer Sprache publicirt. An der Verfassung derselben, welche lange Zeit in Anspruch genommen zu haben scheint, nahmen auch Abgeordnete der Stände jedoch nur mit berathender Stimme Antheil. Als Motiv zum Erlassen dieser Constitutionen wird die lange Dauer und der unsichere Ausgang der Rechtsstreite angegeben. Die Constitutionen enthalten in fünf Abtheilungen Bestimmungen über den Wirkungskreis der Behörden, den Civilprocess, einzelne Theile des Civilrechtes und Verwaltungsvorschriften. Dem Civilrechte sind zwei Abtheilungen nahezu ganz gewidmet. Die eine mit der Ueberschrift „Von den Contracten" enthält einige Hauptstücke über die Fähigkeit sich zu verpflichten, und behandelt dann einzelne Verträge und zwar namentlich den Kauf, das Darlehen, die Miethe, das eheliche Güterrecht. In dieser Abtheilung finden sich aber auch Verwaltungsvorschriften vor. Die Abtheilung, welche die Ueberschrift „Von der Erbfolge" führt, enthält einige Bestimmungen über das Erbrecht und die Vormundschaft.

In einem Anhange, welcher sich den fünf Abtheilungen anschliesst, ist nebst Taxvorschriften ein Hauptstück über die Beobachtung dieser Constitutionen enthalten. Nach demselben sollen alle in diesen Constitutionen nicht entschiedenen Fälle nach den Regeln des gemeinen Rechtes entschieden werden. Die landesfürstlichen Anordnungen, welche später im Widerspruch mit dem Inhalte dieser Constitutionen erlassen werden sollten, sollen so angesehen werden, als wäre der Landesfürst schlecht informirt gewesen, und es soll gestattet sein, denselben nicht zu gehorchen. Daneben wird dem Landesfürsten aber auch das Recht vorbehalten, diese Constitutionen zu ändern, zu mehren und zu mindern.

Die Statuten der Stadt Triest, welche von Ferdinand I. im Jahre 1550 genehmigt wurden, entstanden aus einer Revision der älteren Statuten dieser Stadt. Die Revision wurde veranlasst durch Conflicte, welche zwischen dem Stadthauptmann und städtischen Organen ausgebrochen waren, bei denen man sich von beiden Seiten auf die bestehenden Statute berief. Um nun den Uebelständen abzuhelfen, welche aus der Undeutlichkeit und den einander widersprechenden Anordnungen der Statute entsprangen, wurden Räthe der Wiener Hofstelle, der niederösterreichischen Regierung und der tyrolischen Landesstelle nach Triest gesendet, um sich dort an Ort und Stelle bei dem Stadthauptmann und den städtischen Organen die nöthigen Informationen einzuholen, und sohin die Statuten zu revidiren. Das auf diese Weise entstandene Operat wurde vom Kaiser nach vorgenommener Prüfung angenommen. Die Statuten enthalten in vier Büchern Bestimmungen über den Wirkungskreis der Behörden, Civilprocess, Civilrecht, Strafrecht und Verwaltungsvorschriften. Die civilrechtlichen Bestimmungen sind dem Buche, das vom Civilprocesse handelt, eingefügt, und schliessen sich an die Bestimmungen über den Urkundenbeweis an; dieselben haben einige Verträge mit Einschluss des ehelichen Güterrechtes, das Erbrecht und die Vormundschaft zum Gegenstande.

Nach dem Kundmachungspatente soll, wenn sich ein Zweifel bei Auslegung der Statuten ergibt, die Interpretation durch den Landesfürsten angerufen werden. Hinsichtlich der Auslegung findet sich am Schlusse des vierten Buches folgende Weisung: „Statutorum nemo captet verba, „sed in dubio ad normam aequitatis referat, et tria juris „praecepta ob oculos habeat, hoc enim in his condendis „semper nostrum fuit consilium, pravos scilicet et facino- „rosos punire, innocentes protegere et denique curae habere „ne cuiquam fiat injuria."

II. Codificationsarbeiten für mehrere Länder.

Die bisher geschilderten Codificationsbestrebungen hatten vornehmlich zum Zwecke, das in jedem Lande geltende Recht durch die Schrift zu fixiren. Als eine ganz vereinzelte Erscheinung kann man es bezeichnen, dass Abgeordnete zweier Länder, nämlich von Unter- und Oberösterreich, zusammenzutreten hatten, um einen Entwurf des Lehenrechtes zu begutachten. Die Idee, für mehrere Länder ein gleiches Recht zu schaffen, wurde erst im 18. Jahrhunderte planmässig verfolgt.

Der erste Schritt auf dieser Bahn geschah durch Joseph I. im Jahre 1709, welcher in Prag und Brünn Compilationscommissionen einsetzte mit der Aufgabe, „eine uni-„formitas juris statutarii durch Combination der Landes-„ordnungen mit ihren Nachträgen" herbeizuführen. Als Grenze der uniformitas des für diese beiden Länder zu schaffenden Rechtes wurde die Verschiedenheit in der Verfassung der Aemter und Stellen bezeichnet.

Jede dieser beiden Commissionen hatte unabhängig von der anderen zu arbeiten; die Brünner Commission wurde jedoch angewiesen, ihr Operat an die Prager Commission zu schicken, welche die Vorlage an die Hofstelle in Wien einzuleiten hatte. Die Commission, welche in Prag fünfzehn, in Brünn zwölf Mitglieder zu zählen hatte, wurde bloss aus Fachmännern durch Ernennung der Hofstelle zusammengesetzt. Sie bestand zum grössten Theile aus richterlichen Beamten; es waren aber auch Advocaten und Stadträthe der Landeshauptstädte in derselben vertreten. Unter den Mitgliedern hat der Advocat Wenzel Neumann von Puchholtz, welcher zum Protocollführer der Prager Commission bestellt wurde, in der Folge die grösste Bedeutung erlangt. [6])

Aus der für diese Commissionen ausgearbeiteten Instruction ist zu entnehmen, dass sie die beiderseitigen Landesordnungen zur Grundlage ihrer Berathungen nehmen und von Stelle zu Stelle unter Beifügung ihrer Bemerkungen durchgehen, dabei aber zugleich auch die Herbeiführung einer Gleichförmigkeit zwischen den Stadtrechten und den Landesordnungen anstreben sollten. Die Commissionen wurden verpflichtet, zweimal in der Woche Sitzung zu halten; dagegen wurde den Mitgliedern das ausschliessliche Vervielfältigungsrecht der neu zu schaffenden Landesordnung auf die Dauer von zehn Jahren als Entschädigung für ihre Mühe in Aussicht gestellt. [7])

Hinsichtlich der Aufgaben, welche man diesen Commissionen stellte, zeigte sich aber ein wiederholtes Schwanken. Mehrfach trat das Bestreben hervor, die Arbeit auf eine Compilirung der böhmischen Landesordnung mit ihren Nachträgen zu beschränken. Dafür spricht die schon im Jahre 1710 erlassene Anordnung, die in der böhmischen Landesordnung vorkommende Bezeichnungsweise — nach

---

[6]) Hofdecret 6. October 1709. Reg. d. obersten Gerichtshofes.
[7]) Instruction 2. October 1709. Reg. d. obersten Gerichtshofes.

Buchstaben — für das neue Operat zu wählen, so wie die
im Jahre 1724 ergangene Mahnung, von der in der böhmischen Landesordnung vorkommenden Stoffeintheilung so
wenig als möglich und überhaupt nur dann abzuweichen,
wenn diess wegen der Compilation mit den Nachträgen
nothwendig erscheinen sollte. Der Commission wurde es
auch verwehrt, sich in eine Textirung ihrer Vorschläge einzulassen; dieselbe hatte nur allgemeine Anträge auf Aenderungen oder Ergänzungen den entsprechenden Stellen der
böhmischen Landesordnung beizufügen, und die Belege, auf
welche sich diese Anträge stützten, in Abschrift anzu-
schliessen. Die Berathungen der Commission sollten darum
auch fortdauern, und durch den Mangel von Entscheidungen
über Vorfragen nicht aufgehalten werden; die Regierung
lehnte es geradezu ab, auf einzelne Anfragen vor dem
Schlusse der ganzen Berathung zu antworten. Die Herbeiführung einer Gleichförmigkeit zwischen Landesordnung
und Stadtrecht, welche man noch in der im Jahre 1709
erlassenen Instruction als Aufgabe der Commission bezeichnet und schon in den Kundmachungspatenten zur
böhmischen und mährischen Landesordnung in Aussicht
gestellt hatte, gab man schon im Jahre 1710 auf, indem
man die zu diesem Zwecke nöthigen Einleitungen einer
späteren Zeit vorbehielt.

Die Besorgniss vor einem Ueberwiegen der böhmischen
Einflüsse fand in einer Remonstration Ausdruck, welche
die Brünner Commission desshalb erhob, weil die Arbeiten
derselben nach Prag geschickt werden sollten, ohne dass
eine Mittheilung der in Prag zu Stande gekommenen Operate an die Brünner Commission angeordnet worden war.
Man besorgte in Brünn, die Sache gewinne den Anschein,
als ob Mähren eine Dependenz von Böhmen sei. In der
hierüber erlassenen Antwort der Centralregierung wird die

2 *

· Selbständigkeit Mährens anerkannt, und die getroffene Anordnung als im Interesse der Beschleunigung gelegen
motivirt; zugleich wird zugesichert, man werde die Verschiedenheiten zu vereinigen wissen, und wenn nöthig das
Gutachten der mährischen Commission einholen.

Die Aufgaben der Compilationscommission wurden aber
in der Folge erweitert, und der Rahmen, den man durch
das Zugrundelegen der böhmischen Landesordnung aufstellte,
musste durchbrochen werden, als man sich später die Ausarbeitung von neun selbständigen Gesetzwerken, die den
ganzen Rechtsstoff erschöpfen sollten, zum Ziele setzte.
Der Zeitpunct, in welchem dieser Wendepunct eintrat, lässt
sich nach dem vorhandenen Materiale nicht mit Gewissheit
bestimmen. Die erste Veranlassung zu dieser Aenderung
dürfte darin gelegen sein, dass die Arbeiten der Commission nicht mit der wünschenswerthen Beschleunigung vorwärts schritten, so lange man für die Compilation der
ganzen Landesordnung sich mit nur Einem Referenten begnügte. Bereits im Jahre 1723, in welchem Jahre · man
sich die in's Stocken gerathenen Arbeiten neu zu beleben
bemühte, wurde die Bestellung mehrerer Referenten mit
sachlich begrenzten Aufgaben als nothwendig anerkannt,
und es wird der oben erwähnte Neumann als der zur Ausarbeitung der den Civilprocess und das Erbrecht enthalten-
den Theile bestimmte Referent genannt. Neben ihm sollte
der Vice-Landschreiber die begonnene Ausarbeitung des
dem öffentlichen Rechte gewidmeten Theiles fortsetzen, und
überdiess ein dritter Referent bestellt werden. Die Bestellung des Letzteren unterblieb aber vorläufig und wurde
sogar im Jahre 1724 über eine Vorstellung der böhmischen
Statthalterei als überflüssig bezeichnet. Da aber nur jene
Arbeiten vorschritten, welche den beiden im Jahre 1723
thätigen Referenten anvertraut worden waren, so griff man

später wieder zu dem Mittel, die Arbeiten abzugrenzen und bestimmten Referenten zuzuweisen. Im Jahre 1738 suchte man in dieser Weise die Ausarbeitung aller neun Theile sicherzustellen.

Der erste Theil von dem öffentlichen Rechte lag damals der Commission beendet vor; die Centralregierung hatte aber noch nicht die derselben vorbehaltene Redigirung der von der Commission gestellten Anträge unternommen.

Der zweite Theil, den man in zehn Titel einzutheilen beabsichtigte, sollte von der Gerichtsbarkeit, den Gerichtsstellen, und von der Zuständigkeit der letzteren handeln.

Der dritte vom Civilprocess und vom Concursverfahren handelnde Theil lag gleichfalls schon vor, harrte aber noch der bei der Centralregierung vorzunehmenden Redigirung der Commissionsvorschläge.

Der vierte Theil sollte dem Personenrechte mit Einschluss des Pflegschaftswesens gewidmet sein.

Im fünften Theile sollten die dinglichen Rechte behandelt werden.

Der sechste das Erbrecht umfassende Theil war von der Commission zwar noch nicht vorgelegt, jedoch schon dem Ende nahe gebracht worden. Die Berathung war beim letzten Titel in's Stocken gerathen.

Der siebente Theil sollte die Verträge behandeln.

Die beiden letzten Theile waren dem Strafrechte, und zwar der achte den Privatdelicten, der neunte aber den öffentlichen Delicten gewidmet.

Unter den bestellten Referenten verdient nur Neumann, der damals Professor war, hervorgehoben zu werden, da man bei den getroffenen Wahlen zumeist dem Rathe Neumann's folgte, oder die Bestellung mit der ausgesprochenen Erwartung motivirte, dass er hilfreiche Hand leisten werde.

Es hat auch keiner der im Jahre 1738 neben Neu-

mann bestellten Referenten seine Aufgabe durchgeführt.
Neumann selbst hat von den ihm zu dieser Zeit übertragenen Arbeiten nur die eine, nämlich die Beendigung
des Erbrechtes, vollbracht; der anderen, welche in der
Ausarbeitung des zweiten Theiles bestand, hat er sich nicht
unterzogen. Er suchte dieser Aufgabe, noch ehe man sie
ihm auftrug, zu entgehen, indem er rieth, einen Appellationsrath dazu zu bestellen. Das eigentliche Motiv seiner Ablehnung lag aber darin, dass er besorgte, sich durch einen
die Stellung und den Wirkungskreis der Aemter betreffenden Gesetzesvorschlag zu verfeinden.

Um diese Ablehnung zu würdigen, muss man sich
einerseits die ständischen Verhältnisse jener Zeit und anderseits die Schwierigkeiten vergegenwärtigen, mit welchen
die Erforschung der bestehenden Jurisdictionsverhältnisse
verbunden war. Wie wenig bekannt diese Verhältnisse
waren, geht daraus hervor, dass die böhmische Commission
die Jurisdictionszustände der Grafschaft Glatz nicht anders
glaubte kennen lernen zu können, als dass sie im Jahre
1711 durch die Centralregierung einen Auftrag an die
Stände erwirkte, wodurch diese angewiesen wurden, ihre
auf die Ausübung der Gerichtsbarkeit sich beziehenden
Privilegien vorzulegen.

Trotz seiner Weigerung wurde Neumann, da man ihn
für den zu dieser Arbeit geeignetesten Mann hielt, zum
Referenten des zweiten Theiles bestellt, und man hoffte
dadurch, dass man ihm Ehre und Lohn in Aussicht stellte,
seine Bedenken zu beschwichtigen.

Es verdient hervorgehoben zu werden, dass man eine
Civilprocessordnung ausgearbeitet hatte, und die Regelung
der Jurisdictionsverhältnisse, welche schon in der im Jahre
1709 erlassenen Instruction als besonders dringend bezeichnet worden war, in Schwebe liess.

Die Arbeiten der im Jahre 1709 eingesetzten Compilationscommissionen blieben weit hinter dem ihnen gesteckten Ziele zurück, so dass man die Bedeutung derselben nicht so sehr in den für die weitere Rechtsentwicklung gelieferten Resultaten als in dem Einfluss auf die Erweiterung der Codificationsbestrebung suchen muss.

Die mährische Commission hat keinen der auszuarbeitenden Theile ganz berathen, und nur Gutachten über einzelne Titel geliefert.

Die Arbeiten der böhmischen Commission geriethen, nachdem einige Titel über das öffentliche Recht nach Wien eingeschickt worden waren, in's Stocken, und auch die Centralregierung liess mehrere Jahre verstreichen, ehe sie die eingetretene Unthätigkeit wahrnahm. Trotz mehrfacher Betreibungen gelang es seit dem Jahre 1713 durch mehrere Jahre nicht, eine Arbeit von der Compilationscommission zu erlangen.

Die Anwesenheit Carl's VI. in Prag im Jahre 1723 bot die Veranlassung, sich mit dem Bestande und der Thätigkeit der Compilationscommission eingehender zu beschäftigen. Die Erkenntniss des Einflusses, welchen die Berathungsweise auf die Ergebnisse der Berathung übt, gewann schon damals Raum, und man suchte zunächst durch die Abfassung einer neuen Instruction auf die Thätigkeit der Commission einen belebenden Einfluss zu üben.

Während man in der ersten Instruction das Hauptgewicht auf die Zusammenkünfte der ganzen Commission legte, wurde jetzt mehr Gewicht auf die Thätigkeit des Referenten gelegt. Man begnügte sich nicht mehr mit Einem Referenten, und ordnete an, dass das schriftliche mit Motiven versehene Referat vor der Sitzung unter den Mitgliedern circuliren solle, welche ihre Bemerkungen dem Referate beisetzen oder in der Sitzung vortragen sollten.

Mit dieser Aenderung der Ansichten über die Bedeutung
der Thätigkeit, welche man in Anspruch nahm, hängt es
wohl zusammen, dass man das allen Commissionsmitgliedern als Entlohnung in Aussicht gestellte Privilegium der
Vervielfältigung für unzureichend fand, um den Referenten
für seinen Aufwand an Zeit und Mühe zu entschädigen.
Man sagte diesem zu, bei den Ständen ein Honorar in
Geld zu erwirken, und diese bewilligten auch im Jahre
1724 sechstausend Gulden für die Ausarbeitung des Civilprocesses und des Erbrechtes.

Der im Jahre 1723 gegebenen Anregung hat man es
zu danken, dass in den nächsten Jahren eine regere Thätigkeit entfaltet wurde. Bis zum Jahre 1725 wurde der erste
Theil vom öffentlichen Rechte und bis zum Jahre 1726 der
dritte Theil vom Civilprocess und der Concursordnung
fertig; die Berathung des sechsten Theiles vom Erbrechte
war im Jahre 1729 bis zum letzten Titel gediehen. Dann
trat aber wieder eine längere Pause ein, und auch von
Seite der Centralregierung scheint man bis zu einer im
Jahre 1737 ergangenen Mahnung wegen Einsendung von
Arbeiten den Aufgaben der Compilationscommission kein
besonderes Augenmerk gewidmet zu haben. Im Jahre
1738 versuchte man sowohl durch die Abtheilung der Arbeit in neun Referate und Ernennung von Referenten, als
dadurch einen beschleunigenden Einfluss zu üben, dass man
die Mitgliederzahl der böhmischen Commission auf achtzehn erhöhte und anordnete, dass die Commission in zwei
getrennten Senaten, die sich ihre Operate gegenseitig mitzutheilen hätten, arbeiten solle.

Die nächsten Jahre brachten keine neuen Arbeiten.
Als nach zehn Jahren die Commission neu besetzt wurde,
war das Erbrecht noch immer nicht nach Wien eingeschickt
worden. Aus dem an die Commission desshalb ergangenen

Decrete ist aber zu entnehmen, dass der das Erbrecht enthaltende sechste Theil um diese Zeit bereits vollendet war; an die Centralregierung gelangte er erst in der Zeit zwischen 1748 und 1750.

Diese aus zwölf Titeln bestehende Arbeit bildet das einzige für die Codificirung unseres Civilrechtes wichtige Resultat der im Jahre 1709 eingesetzten Compilationscommission.

Das Werk zerfällt in zwei Theile, deren Abschnitte in der in der böhmischen Landesordnung üblichen Form mit Buchstaben bezeichnet sind. Der erste Theil behandelt die testamentarische Erbfolge und enthält in sechs Titeln — Von Testamenten — Vom Pflichttheile — Von Substitutionen — Von Vermächtnissen — Von Fideicommissen — Von Codicillen und Schenkungen auf den Todesfall — 54 Abschnitte. Der zweite Theil, welcher 42 Abschnitte enthält, umfasst gleichfalls in sechs Titeln die gesetzliche Erbfolge und die beiden Arten von Erbfolgen gemeinsamen Bestimmungen. Die Titel VII bis XII handeln: Von der gesetzlichen Erbfolge in der absteigenden Linie — Von der gesetzlichen Erbfolge in der aufsteigenden Linie — Von der gesetzlichen Erbfolge der Seitenverwandten — Von der gesetzlichen Erbfolge der Eheleute und des k. Fiscus — Von der Erbschaftsantretung, erblichen Einführung, dem jure transmissionis, accrescendi, von der Sperre, dann Erbschaftsinventur und andern Rechtswohlthaten — Von Theilungen, Einbringung des vorempfangenen Gutes und anderen Gemeinschaften.

Jeder Abschnitt zerfällt in mehrere Paragraphe, welche von der Commission zum grössten Theile vollständig ausgearbeitet wurden.

Die Commission wich aber nicht bloss in dieser formellen Beziehung von den derselben ursprünglich ertheilten

Aufträgen ab; sie überschritt auch ganz entschieden die Grenzen, welche man ursprünglich der Arbeit, die nur in einer Compilirung der Landesordnung mit den Novellen derselben bestehen sollte, gezogen hatte.

Unter den bei jedem Titel genannten Quellen werden die Stadtrechte regelmässig angeführt, obgleich man der Commission bedeutet hatte, dass die Unificirung mit den Stadtrechten erst in späterer Zeit eingeleitet werden solle.

Bemerkenswerth ist es, dass neben den Landesrechten sehr häufig das gemeine — kaiserliche — Recht als Quelle benützt wird, um daraus Regeln für die im Landesrechte nicht entschiedenen Fälle zu schöpfen. Dieser Umstand verdient um so mehr hervorgehoben zu werden, weil man sich bald darauf die vollständige Ablösung vom römischen Rechte zum Ziele setzte, und dasselbe weder als bestehendes Recht noch als Quelle für ein zu gebendes Recht gelten lassen wollte.

Von der grössten Wichtigkeit aber sind die in diesem Entwurfe sich zeigenden Reformbestrebungen, welche schliesslich — allerdings erst gegen Ende des 18. Jahrhunderts — zur Anerkennung des gleichen Erbrechtes führten. Dieselben verdienen aber eine um so grössere Beachtung, als sie der Zeit nach nahezu mit den gleichartigen Reformen zusammentrafen, die in Oesterreich unter und ob der Enns, dann in Steyermark durch die Successionsordnungen von den Jahren 1720 und 1729 in's Leben traten.[1]

Durch verschiedene Bestimmungen verfolgte man in diesen beiden Codificirungsarbeiten, die unabhängig von

---

[1] Successionsordnung für Niederösterreich vom 28. Mai 1720 Cod. Aust. Suppl. P. I. p. 952; für Oberösterreich vom 16. März 1729 Cod. Aust. Suppl. P. II. p. 539; für Steyermark vom 26. Jänner 1729, Graz 1737.

einander entstanden, denselben Zweck, der darin bestand,
die Bevorzugung der männlichen gegenüber den weiblichen
Erben, der Agnaten gegenüber den Cognaten, welche Bevorzugung sich in dem für die höheren Stände geltenden
Erbrechte erhalten hatte, zu mildern.

Zu diesem Zwecke wurde in den österreichischen Successionsordnungen die Unterscheidung nach dem Ursprunge
des Vermögens, je nachdem es vom Vater oder von der
Mutter herrührt, aufgehoben; [1] der böhmische Entwurf beseitigt die Unterscheidung zwischen beweglichem und unbeweglichem Vermögen. [2]

Der Ausschluss der weiblichen durch die männlichen
Erben, der Cognaten durch die Agnaten wird in den österreichischen Successionsordnungen beschränkt, und den
Agnaten bloss ein Einstandsrecht zugestanden; [3] der böhmische Entwurf gewährt den Frauen ein gesetzliches Erbrecht, räumt denselben unter Umständen sogar einen Anspruch auf einen Pflichttheil ein, und sucht die noch als
berechtigt anerkannte Bevorzugung des Mannsstammes dadurch zu erreichen, dass er einen Theil der Verlassenschaft
zur ausschliesslichen Vertheilung unter die männlichen
Erben bestimmt. [4]

Aus der Motivirung des von der böhmischen Commission vorgelegten Operates tritt die Idee der Gleichberechti-
gung aller Rechtssubjecte als die Grundlage der begonnenen
Reform entgegen. Dieses Princip, in welchem man wohl
eine Frucht der Verbreitung naturrechtlicher Lehren erkennen muss, wird ohne eine nähere Erörterung seiner
Berechtigung so wie seiner Folgen als in der natürlichen

---

[1] 2 Titel § 10.
[2] 2. 7. 9. Titel.
[3] 9. Titel § 3, 12. Titel.
[4] 2. 7. 9. Titel.

Billigkeit begründet hingestellt. Ihm gegenüber wird das Gebot erhoben, für die Erhaltung der Geschlechter Sorge zu tragen. Zwischen diesen beiden einander ausschliessenden Forderungen suchte man zu vermitteln, jedoch ohne nach einem höheren Gesichtspuncte zu forschen, von welchem aus man die Richtschnur für die zu treffende Entscheidung hätte finden können, ohne die Tragweite der Wirkungen klar zu stellen. Man fand die Vermittlung dadurch, dass man keines der einander entgegengesetzten Principien consequent durchführte. Es verdient diess hervorgehoben zu werden, weil diese Art, legislative Fragen zu entscheiden, während der späteren Codificationsarbeiten häufig wiederkehrte.

Unter den Aenderungen, welche der Erbrechtsentwurf der böhmischen Commission anstrebte, ist noch die Erweiterung des richterlichen Einflusses auf die Regulirung der Verlassenschaften zu erwähnen. Während bisher ein amtliches Einschreiten nur dann stattfand, wenn sich ein unbewegliches Gut im Nachlasse befand, sollte in Zukunft das Gleiche geschehen, wenn der Nachlass nur aus Mobilien besteht. Unter den Gründen, mit denen diese Neuerung gerechtfertigt wird, erscheint auch folgende Erwägung und zwar als erster Grund angeführt: „Es müsse sowohl „den Gläubigern des Erblassers, als denjenigen, die als „Erben oder Miterben auftreten zu können glauben, sehr „viel daran gelegen sein, dass sie aus dem öffentlichen „Archive der k. Landtafel die Notiz erhalten können, wie „diese oder jene auch in blossen Mobilien bestehende Erb- „schaft und ob sie mit der Rechtswohlthat des Inventars „angetreten worden sei."[1])

Die Gleichzeitigkeit dieses von der böhmischen Com-

---

[1]) 11. Titel, zu P. 26.

pilationscommission ausgearbeiteten Entwurfes — welcher
mit Ausnahme eines Titels schon im Jahre 1729 vollendet
war — mit den oben erwähnten österreichischen Successionsordnungen macht es doppelt interessant, dass man, während
in Prag und in Brünn über die Herbeiführung eines gleichförmigen Rechtes für Böhmen, Mähren und Schlesien berathen wurde, die Gleichförmigkeit auf einem, wenn auch
kleinen Rechtsgebiete, für Nieder- und Oberösterreich und
Steyermark in anderer Weise bewerkstelligte. Dem wieder-
holten Andringen der Stände folgend[1]) hat Carl VI. den von
der gesetzlichen Erbfolge handelnden Theil des Entwurfes
einer niederösterreichischen Landesordnung im Jahre 1720
sanctionirt und für Niederösterreich eingeführt. Diese Successionsordnung wurde kurze Zeit darauf nach einer mit den
Ständen gepflogenen Verhandlung, zu welcher die Initiative
von der Centralregierung ausging, in Steyermark unverändert und in Oberösterreich mit geringen Aenderungen
als Gesetz in Wirksamkeit gesetzt. Das darin liegende
Streben, gleichförmiges Recht in einem grösseren Länder-
gebiete zu erzeugen, kann um so weniger verkannt werden,
als der für Oberösterreich ausgearbeitete Entwurf einer
Landtafel, hinsichtlich dessen die Verhandlungen bei der
Centralregierung gleichzeitig mit den Verhandlungen über
die Ausarbeitung der niederösterreichischen Landesordnung
im Zuge waren, gleichfalls eine vollständige Successionsordnung enthält, die man aber bei diesem Anlasse gar
nicht berücksichtigt zu haben scheint.

Die zu diesen Successionsordnungen erlassenen Kundmachungspatente enthalten manchen Zug, welcher die Aufgabe kennzeichnet, die sich der Gesetzgeber in jener Zeit

---

[1]) Bericht der ständischen Verordneten vom 23. December 1684.
Regist. d. Ob. Gerichtshofes.

stellte. Die Besonderheiten des Landesrechtes werden als
etwas Irriges, die Ungleichförmigkeiten als eine Quelle von
Streitigkeiten hingestellt; der Kaiser, welcher von sich sagt,
er lasse sich nichts mehr als die Administrirung der Justiz
angelegen sein, betrachtet es als seine Aufgabe, durch Einführung „klarer Satzungen und Ordnungen" unnothwendige
Rechtsführungen zu verhüten. Als nothwendig wird es
ferner bezeichnet, dass das Gesetz in deutscher Sprache
verfasst sei, damit es zu jeden gemeinen Mannes Belehrung
dienen könne.

Man begegnet hier denselben Ideen, mit denen um
wenige Jahre später die für das ganze Reich bestimmte
Codificirung des gesammten Civilrechtes motivirt wurde.

In dem Kundmachungspatente für Niederösterreich wird
das Bedauern ausgesprochen, dass Kriege und innere Unruhen
den Abschluss der Berathungen über die Successionsordnung so lange hinausgeschoben haben. Dieselben Ursachen
waren es wohl auch, denen man es zuzuschreiben hat, dass
die im Jahre 1738 vorgenommene Vertheilung der Referate
bei der Compilationscommission in Prag so wenig Früchte
trug.

Als die Regierung Maria Theresia's ihre Aufmerksamkeit der im Zuge befindlichen Compilationsarbeit zuerst
zuwandte, musste zunächst die ganze Commission neu zu-
sammengestellt werden. Es geschah diess für Böhmen im
Jahre 1748 und für Mähren im Jahre 1751.

Unter den neu ernannten Commissionsgliedern ist der
Prager Advocat Joseph Azzoni zu erwähnen, dem bei den
späteren Codificirungsarbeiten eine so bedeutende Aufgabe
zufiel. Damals hatte man ihm die Ausarbeitung des neunten
Theiles von den öffentlichen Delicten zugedacht. Von den
übrigen Mitgliedern beider Commissionen kam keines in
die Lage, sich durch eine Arbeit bemerkbar zu machen.

Die Commissionen selbst wurden bald aufgelöst, da ihre Aufgabe, wesentlich erweitert, an ein anderes Organ überging.

Fast gleichzeitig mit dem Versuche, die Compilations-commissionen in Prag und Brünn zu neuer Thätigkeit anzuregen, fand die Einsetzung einer Compilationscommission in Wien statt.

Schon unter der Regierung Carl's VI. hatten die nieder-österreichischen Stände um eine Erläuterung der in vielen Puncten „unklaren Landesordnung" gebeten, damit dadurch viele Rechtsstreite abgeschnitten würden. Die Klage über Streitigkeiten, welche durch eine Undeutlichkeit des Gesetzes veranlasst seien, wurde während der Regierung Maria Theresia's durch die österreichische Hofkanzlei im Jahre 1748 wiederholt, als eine specielle Frage — die Zehendpflichtigkeit von Neurissen — Anlass zu verschiedenen Auslegungen einer Stelle im tractatus de juribus incorporabilibus bot. Es wurde der Kaiserin vorgestellt, dass dem gemeinen Wesen nichts schädlicher sei, als das Recht in Unsicherheit zu lassen, und derselben empfohlen, sowohl diesen Zweifel, als auch alle anderen Zweifel, die bei der Anwendung des erwähnten tractatus entstanden waren, durch Festsetzung eines jus certum, das für alle Fälle zur untrüglichen Richtschnur dienen solle, zu lösen. Zu diesem Zwecke wird die Einsetzung einer Commission unter dem Vorsitze des Statthalters vorgeschlagen, welche ihrer Aufgabe im Einvernehmen mit einem von den Ständen zu bestellenden Ausschusse zu entsprechen hätte. Die Mitwirkung des ständischen Ausschusses wird für nothwendig erklärt, weil viele Bestimmungen des tractatus finanzieller Natur sind.

Die Resolution der Kaiserin, aus welcher die unmittelbare Theilnahme der Kaiserin spricht, und die zugleich

characteristisch für die damalige Art Staatsgeschäfte zu behandeln ist, lautet folgendermassen: „Die Sach in sich
„selber wäre zwar heilsam, wird aber langsam gehen, will
„also nicht erwarten, dass Alles ausgemacht sei, sondern
„so oft eine Materie pressirt und concertirt, die Sache her-
„auf zu geben, um decidiren zu können."[1]

Die Einsetzung der Compilationscommission fand jedoch
wie es scheint aus dem Grunde nicht statt, weil in jener
Zeit die so bedeutende Veränderung der Centralstellen,
welche in der Errichtung einer vereinigten Hofkanzlei und
einer obersten Justizstelle bestand, vorgenommen wurde.

Diese Angelegenheit kam zunächst bei der obersten
Justizstelle im Jahre 1750 zur Sprache, als man über eine
Denkschrift berieth, die mehrere Verbesserungen der Rechtspflege abgesondert für die österreichische und für die
böhmisch-mährische Ländergruppe vorschlug. Für alle
Länder wird hiebei der Mangel eines jus certum mit Bedauern hervorgehoben, und die Abhilfe im Gesetzgebungs-
wege dringend empfohlen. Hinsichtlich der böhmisch-
mährischen Länder wird an dem Zustandekommen der im
Zuge befindlichen Compilationsarbeit verzweifelt, und darum
lebhaft gewünscht, dass wenigstens durch die Beendigung
der schon so lange vorbereiteten Arbeit über das Erbrecht
Abhilfe für jene Verhältnisse gebracht werde, in denen die
häufigsten Streitigkeiten entstehen. Die Folge dieser Anregung war, dass die Compilationscommission in Brünn
neu zusammengesetzt, zur Fortsetzung der Arbeiten über
den von der Processordnung handelnden dritten Theil angewiesen, derselben auch der von der böhmischen Commission eingeschickte sechste Theil vom Erbrechte zur
Begutachtung zugesendet wurde.

---

[1] Vortrag vom 3. December 1748. Reg. d. Ob. Gerichtshofes.

Die Klage über den Mangel eines jus certum in den österreichischen Ländern fand bei dem Referenten der obersten Justizstelle, dem bei den späteren Codificirungs-arbeiten in hohem Grade betheiligten Freiherrn von Buol, lebhaften Anklang. In seinem Referate sprach er den Wunsch nach Verfassung eines „jus statutarium scriptum" aus; verhehlte sich jedoch nicht, dass dieses Unternehmen ein sehr schwieriges werden und einen grossen Zeitaufwand erheischen würde. Da es ihm nicht rathsam schien, dieses grosse Werk sofort in Angriff zu nehmen, so bezeichnete er mehrere Gebiete der Gesetzgebung, in denen eine Abhilfe am dringendsten nöthig wäre. Nebst mehreren das gerichtliche Verfahren in Civilsachen betreffenden legislativen Arbeiten empfahl er eine Revision des tractatus de juribus incorporabilibus, des Gesetzes über die gesetzliche Erbfolge und die Ausarbeitung eines Gesetzes über die testamentarische Erbfolge.[1])

Unter diesen Anträgen scheint nur der Vorschlag, den tractatus de juribus incorporabilibus zu revidiren, einen Erfolg gehabt zu haben. Die oberste Justizstelle brachte bei der Kaiserin die Einsetzung der für diesen Zweck schon früher genehmigten Commission in Erinnerung, und dieselbe trat im Jahre 1751 in's Leben, so wie auch die Stände gleichzeitig den Ausschuss bestellten, welcher sich mit der Commission der Regierung in's Einvernehmen setzen sollte.[2]) Unter den Räthen, aus denen die Commission zusammengesetzt wurde, ist der Regierungsrath

---

[1]) Protocoll der obersten Justizstelle vom 28. November und 3. December 1750. Ob. Ger. Hof.

[2]) Vortrag vom 6. September 1751; Bericht der niederösterreichischen Stände vom 23. September 1751. Ob. Ger. Hof.

Joseph Holger hervorzuheben, welcher nicht weniger als
der fast um dieselbe Zeit zum Mitgliede der böhmischen
Commission ernannte Azzoni an den unter Maria Theresia
unternommenen grossen Codificationsarbeiten einen hervorragenden Antheil nahm.

Die oberste Justizstelle schrieb der Commission die
Ordnung vor, in welcher die einzelnen Titel des tractatus
de juribus incorporabilibus zur Berathung kommen sollten,
und ertheilte derselben auch eine Instruction. Nach derselben sollte wöchentlich eine Sitzung gehalten und bei
jeder Sitzung das Berathungsmaterial für die nächste Sitzung festgesetzt werden. Eine ausführliche Protocollirung
der Berathung und eine wöchentliche Vorlegung der Sitz-
ungsprotocolle wurde gleichzeitig vorgeschrieben. Ueber-
diess sollte nach Beendigung eines jeden Titels ein mo-
tivirtes Gutachten nebst dem Entwurfe des Textes vorgelegt werden.[1])

Die Commission hat, ehe sie an die Arbeit schritt,
von allen Städten und Märkten Niederösterreichs Berichte
über den tractatus eingeholt, und als die Erledigung
von Streitigkeiten aus dem Unterthansverhältnisse dem
Rechtswege entzogen und einer besonderen Stelle zugewiesen wurde, auch diese Stelle um ihr Gutachten angegangen.

Bei dieser Behandlungsweise musste die Vermuthung
der Kaiserin, dass die Sache langsam vor sich gehen
würde, sich bewahrheiten. Es wurde nur der fünfte Titel
„Von der Robot" durch die ganze Commission berathen,
und der vierte Titel „Von der Grundobrigkeit" durch den
Referenten Holger bearbeitet, bis Holger der Commission
durch Berufung zu einer grösseren Aufgabe entzogen wurde.

---

[1]) Decret vom 1. October 1751. Ob. Ger. Hof.

Dadurch verlor die Commission nicht nur ihre bedeutendste Arbeitskraft, es musste auch ihre Bedeutung, wenn sie auch noch zu tagen fortfuhr, bald in den Hintergrund treten. Die Aufgabe derselben überging auch bald an die im Jahre 1753 eingesetzte Compilationscommission, welche ein Civilrecht für alle unter der Verwaltung der obersten Justizstelle und der vereinigten Hofkanzlei stehenden Länder auszuarbeiten hatte.

III. Codificationsarbeiten für alle Erblande.

1. Arbeiten während der Regierung Maria Theresia's.

In älterer Zeit entsprang das Verlangen nach Codificirung des Landesrechtes aus den Kämpfen zwischen den Ständen und dem Landesherrn. Die Schwierigkeiten, welche in der Lösung politischer Fragen lagen, waren es, die die Beendigung derartiger Codificirungsarbeiten in die Länge zogen.

Allmählig trat das Privatrecht in den Vordergrund, zunächst vielleicht wegen des Zusammenhanges mit den in politischer Beziehung so werthvollen Jurisdictionsbefugnissen.

Das Verlangen nach Gewinnung eines sichern Rechtes traf zusammen mit der Entwicklung moderner Anschauungen über die Aufgabe des Regenten, für das gemeine Wohl zu sorgen. Die herrschende Geistesrichtung musste diejenigen, welche die Lösung dieser Aufgaben in's Auge fassten, dahin drängen, sich mit Vorliebe der Justizpflege zuzuwenden. Naturrechtliche Schriften beschäftigten die Geister in hohem Grade, und mussten denen, die an diesen

geistigen Kämpfen Antheil nahmen, den Zusammenhang
der Forschung nach dem, was recht ist, mit den höchsten
Aufgaben des menschlichen Geistes vor die Seele führen.
Die Pflege des Rechtes als einer gleichmachenden Kraft
war der erst in der Entfaltung begriffenen Staatsgewalt
förderlich; nicht minder machte es sich bald fühlbar,
dass im Rechte eine verbindende und erhaltende Macht
liege.

Die Vorstellung von dem Nutzen und Werthe einer
Codificirung verbreitete sich durch die vielfältigen und
langjährigen Codificirungsarbeiten, welche in allen österreichischen Ländern stattgefunden hatten, in den wei-
testen Kreisen. Die Mangelhaftigkeit der gelieferten
Resultate hat wenigstens nirgend eine andere Wirkung
hervorgebracht, als dass man die Einsetzung neuer Commissionen begehrte, oder durch Aenderung der Instructionen
auf die Thätigkeit der Commissionen einen belebenden
Einfluss zu üben versuchte. Aller Zeitverlust und alles
Misslingen steigerten nur das Verlangen nach dem Gelingen.

Verschiedene Umstände wirkten zusammen, um das
Verlangen nach Codificirung des Landesrechtes zu unterstützen. Dazu sind zu rechnen, das Streben, das Recht
zu popularisiren und sich von fremden Rechtsquellen zu
emancipiren. Auf die Ausbildung des letztern Strebens
musste nächst der Verbreitung naturrechtlicher Lehren der
Umstand grossen Einfluss üben, dass die beginnende Kry-
stallisation der staatlichen Elemente in Oesterreich diese
Elemente nothwendigerweise vom deutschen Reiche ab-
lenken musste.

Indem man sich in dieser Weise von der gemeinsamen Rechtsquelle des gemeinen Rechtes entfernte, musste
das Bedürfniss eines gemeinsamen Rechtes für die öster-

reichischen Länder in anderer Weise befriedigt werden. Wiederholte Versuche für mehrere Länder gleiches Recht einzuführen, waren vorangegangen, und hatten jedenfalls für die Verbreitung der Idee der Rechtseinheit vorbereitet. Nach der Schöpfung von Centralstellen für die Rechtspflege und für die politische Verwaltung mussten die Anlässe sehr häufig eintreten, in denen die Verschiedenheit der Gesetzgebung als ein Hinderniss der Verwaltung erschien und zugleich auch das Rechtsgefühl verletzte. Dieser Missstand musste sich auf dem Gebiete der Rechtspflege viel häufiger als auf dem der politischen Verwaltung ergeben; eine Abhilfe schien aber für ersteres viel leichter als für letzteres zu erreichen. Die Landesverfassung und Alles, was mit dem damaligen Wirkungskreise der Stände im Zusammenhange stand, sollte in den einzelnen Ländern unverändert bleiben, es wäre aber kaum möglich gewesen, ein einheitliches Gesetzwerk ins Leben zu führen, wenn man sich vorher in Verhandlungen mit den Ständen aller Länder hätte einlassen müssen. Diese Verhandlungen hielt man aber bei Justizgesetzen, welche, wie man meinte, nicht in die Landesverfassung eingriffen, nicht für nöthig.

a. Einsetzung der Compilationscommission
vom Jahre 1753.

Unter diesen Verhältnissen konnte ein geringer Anlass genügen, um die Ergreifung einer so bedeutenden Massregel, als es die Einsetzung der im Jahre 1753 einberufenen Compilationscommission war, herbeizuführen. Die in einer Aufschreibung eines Secretärs der Gesetzgebungs-Hofcommission enthaltene Mittheilung, dass eine im Jahre 1752 überreichte Denkschrift eines innerösterreichischen Appellationsrathes die Veranlassung zu dieser Einsetzung geworden sei, erscheint demnach nicht unwahrscheinlich.

Es liegt auch eine von Niemandem unterzeichnete Denkschrift vor, welche die Einsetzung einer ständigen Gesetzgebungscommission zur Herbeiführung einer Rechtseinheit in Oesterreich empfiehlt, und deren Argumente bei den zum Zwecke der Einsetzung der Compilationscommission ergangenen Verfügungen benützt wurden [1]).

In dieser Denkschrift, in welcher die Rechtseinheit der Einheit Gottes und des Landesfürsten an die Seite gesetzt wird, werden die mannigfaltigsten Vortheile der Rechtseinheit aufgezählt. Der Verkehr wird berücksichtigt, da derselbe durch die Verschiedenheit des Rechtes nicht minder als durch dessen Unsicherheit gefährdet werde. Daneben wird der Justizadministration gedacht, welche wesentlich erleichtert würde, wenn die Juristen des einen Landes in allen andern Ländern verwendet werden könnten.

Der Vice-Präsident der obersten Justizstelle, Otto Graf von Frankenberg, welcher sich, wie es scheint, aus Anlass dieser Denkschrift über die Idee der Codification eines einheitlichen Rechtes zu äussern hatte, ging auf diese Idee ein und erstattete Vorschläge über die Verwirklichung derselben [2]). Hervorzuheben ist unter diesen Vorschlägen die Zuziehung von Fachmännern aus den verschiedenen Ländern, die Entbindung derselben von allen andern Berufsarbeiten, die Festsetzung eines Generalplanes für das ganze Gesetzwerk; die Forderung, in Allem die Verbes-

---

[1]) Vorschlag, dass eine allgemeine Gerichtsordnung und gleiches Landrecht in allen benachbarten österreichisch deutschen Erblanden einzuführen sei.

[2]) Vorläufiger ohnmassgebiger Entwurf, wie nach der a. h. k. Intention zu Verfassung einer neuen Gerichtsordnung oder eines sogenannten codicis theresiani etc. festgesetzet werden könnte, vom 3. Februar 1753.

serung der Justiz anzustreben, und die Hinweisung auf den Vergleich mit auswärtiger Gesetzgebung.

Bemerkenswerth ist es auch, dass Graf Frankenberg die Einberufung eines Gerichtsvorstehers aus Preussisch-Schlesien, dem er die Rolle des Referenten zudachte, empfahl, da dieser als ein Fremder bei der Entscheidung zwischen mehreren miteinander collidirenden Landesrechten nicht befangen sein würde.

Die Kaiserin billigte dem Wesen nach diese Vorschläge, und so konnte der oberste Kanzler Graf Haugwitz schon am 14. Februar 1753 der obersten Justizstelle die Einsetzung der zur Ausarbeitung des codex theresianus berufenen Commission anzeigen. Dieselbe sollte unter dem Präsidium des Grafen Frankenberg aus je einem Mitgliede für Böhmen, Mähren, Oesterreich und Steiermark bestehen. Diese Art der Berufung der Commissionsglieder wurde mit der Verschiedenheit zwischen den böhmischen und österreichischen Rechten motivirt. Die Commission wurde für den 1. Mai 1753 einberufen und am 3. Mai 1753 durch den obersten Kanzler in einer feierlichen Sitzung, an welcher nebst den einberufenen Commissionsgliedern die Räthe des Directorium und der obersten Justizstelle theilnahmen, eröffnet.

Um die Grösse der Aufgabe zu würdigen, an deren Lösung man durch Einsetzung dieser Gesetzgebungscommission schritt, muss man sich die Justizzustände jener Zeit vergegenwärtigen, und sowohl an die Elemente denken, von denen das Zustandekommen des Gesetzwerkes abhing, als auch an jene, durch welche das neue Gesetz angewendet werden sollte [1]).

---

[1]) Bei der folgenden Darstellung ist eine Sammlung von meist anonymen Denkschriften benützt worden, welche zur Zeit Maria

Allgemein waren die Klagen über das Darniederliegen
der Rechtspflege; in zahlreichen Denkschriften, welche der
Kaiserin überreicht wurden, machten sich Beschwerden über
Richter und Advocaten Luft, in denen man die Quelle
aller Uebel erblickte. Die politische Verwaltung war mit
der Rechtspflege selbst in den höheren Instanzen verbunden, und gering war die Zahl und das Ansehen der rechtsgelehrten Richter, welche an der Entscheidung von Justizsachen theilzunehmen hatten. Wissenschaftlich gebildete
Leute konnten, wie es in einer Denkschrift heisst, gegenüber den Routiniers der Praxis nicht durchdringen. Aus
einer Schilderung der Zustände des niederösterreichischen
Landrechtes entnimmt man, dass dasselbe damals noch
aus einer Herren- und Ritterbank bestand. Dem grössten
Theile der Mitglieder wird sowohl die Befähigung als das
Streben sich zu unterrichten abgesprochen. Mit sehr herben Worten wird der Vorgang in den Sitzungen, die Behandlung der Parteien und insbesondere die Leichtfertig-
keit gegeisselt, mit welcher man jungen, unerfahrenen
Leuten das votum decisivum einräume. Das Urtheil über
dieses Gericht wird in den Worten zusammengefasst, dass
diese Stelle allgemein verachtet sei; Jedermann trachte
von derselben bald wegzukommen, man könne bei derselben weder Ehre noch Anregung finden; dazu komme
die ganz unzulängliche materielle Stellung, unter zweiund-
zwanzig Posten seien nur acht besoldet, und auch diese
nur mit einem Gehalte von 1500 fl. dotirt, welcher zu einem
standesgemässen Unterhalte offenbar unzureichend sei.

Wenn ein Gerichtshof von der Bedeutung des nieder-

Theresia's aus dem Cabinetsarchive an Graf Sinzendorf ausgefertigt
worden sind. Dieselben befinden sich derzeit im Archive des Justiz-
ministeriums.

österreichischen Landrechtes sich in einem Zustande so traurigen Verfalles befand, welche Schlüsse muss man daraus auf die Beschaffenheit der Rechtspflege im Allgemeinen ziehen.

Die Schwierigkeit einer Reform geht sowohl aus den Gegenbestrebungen, als aus der Unklarheit hervor, mit welcher man einander direct entgegengesetzte Vorschläge motivirte. Den Denkschriften, welche damals über Gesetzgebungsfragen überreicht wurden, kam eine nicht geringe Bedeutung zu, denn sie waren zumeist mit Berechnung auf die bekannte Denkweise der Kaiserin ausgearbeitet und die Kaiserin liebte es, selbstthätig einzugreifen.

Bemerkenswerth ist die Abneigung gegen das römische Recht, welche sich in vielen dieser Aufsätze ausspricht. Dasselbe wird nur als Culturelement gleich andern römischen Alterthümern in Betracht gezogen; an der Rechtsschule und bei Gericht soll es entbehrlich gemacht werden.

Neben geradezu abenteuerlichen Vorschlägen, welche ernsthaft discutirt werden mussten, findet man aber auch manche Ideen ausgesprochen, deren Verwirklichung einer späteren Zeit vorbehalten blieb. So wird in einer dieser Denkschriften der Werth, den die Geheimhaltung des Referenten für die Unparteilichkeit der Rechtspflege habe, bezweifelt und beigefügt, dass es besser wäre, wenn der Vortrag des Thatbestandes und der Gründe dem Publicum bekannt würde. In einer andern Denkschrift wird verlangt, dass die Eltern das Recht haben sollen, neben dem Vormund Jemanden zur Controle über den Vormund zu bestellen, und dass die Verwandten des Pflegebefohlenen das Recht haben sollen, den Vormund zu beaufsichtigen.

Von der grössten Wichtigkeit sind aber die gegen die Trennung der Justiz von der Verwaltung und gegen die Errichtung von Centralstellen gerichteten Bestrebungen.

Die Einsetzung der obersten Justizstelle rief eine sehr entschiedene Remonstration hervor, in welcher der Kaiserin
die Beunruhigung der Gemüther ihrer Unterthanen und die
Beunruhigung ihres eigenen Gewissens in Aussicht gestellt
wird. Diejenigen, welche dieser Ansicht huldigten, konnten
den Aufgaben der Gesetzgebungscommission, welche mit
hinreichenden in der Natur ihrer Aufgabe liegenden Schwierigkeiten zu kämpfen hatte, nicht förderlich sein.

Wie sehr aber diese Bestrebungen namentlich gegen
das Ende der Regierung Maria Theresia's an Raum gewannen, lässt sich daraus entnehmen, dass die oberste
Justizstelle sich zu einer offenen Bekämpfung der bisherigen Codificirungsarbeiten bestimmt fand, indem sie dieselben als Ausfluss einer schädlichen Universalisirung hin-
stellte und der Kaiserin gleichzeitig rieth, die vereinigte
Hofkanzlei aufzulösen und die Justiz mit der Verwaltung
bei den zweiten Instanzen wieder zu verbinden.

Diese Verhältnisse machen die Klagen verständlich,
welche die Mitglieder der Gesetzgebungscommissionen zu
verschiedenen Zeiten gegen jene Kämpfe laut werden liessen,
welche ausserhalb der Berathungszimmer geführt wurden,
und über das Schicksal ihrer Arbeiten entschieden. Man
findet es begreiflich, dass jene, die einen hervorragenden
Antheil an diesen Arbeiten zu nehmen hatten, durch die
Last ihrer Aufgaben aufgerieben wurden. Erklärlich findet
man es endlich, dass die Codificirungen so oft, wenn sie
ihrem Ziele nahe waren, scheiterten, und durch so lange
Zeit unvollendet blieben.

Von diesen Schwierigkeiten hatte man allerdings bei Einsetzung der Compilationscommission keine klare Kenntniss.
Man war vielmehr mit froher Zuversicht auf das Gelingen
des Werkes erfüllt, und arbeitete mit einem staunenswerthen Aufwande an Zeit und Mühe, der sich nur durch

die Annahme erklären lässt, dass die Männer, welche sich
an der Codification zu betheiligen hatten, für ihre Aufgabe
begeistert waren.

Den hervorragendsten Antheil an den Arbeiten [1] nahmen während der ersten Periode derselben der Abgeordnete
für Böhmen Joseph Azzoni, Professor und früher Advocat
in Prag, der statt des ursprünglich zum Commissionsmit-
gliede bestimmten Advocaten Schutzbreth von Schutzwert
zur Commission zugezogen worden ist, und der Abgeordnete für Oesterreich Regierungsrath Joseph Ferdinand
Holger. Dieselben waren zugleich auch die bedeutendsten
Repräsentanten der Landesrechte Oesterreichs und Böh-
mens, die im Verlaufe der Codificationsarbeiten einander
als Gegensätze gegenübergestellt wurden.

Zu geringerem Einflusse gelangten der Abgeordnete
für Mähren Tribunalskanzler aus Brünn Heinrich Hayek
von Waldstetten, und der Abgeordnete für Steyermark
Regierungsrath von Thinnefeld aus Graz, der statt des ursprünglich ernannten Revisionsrathes Joseph von Luidl ein-
getreten war.

Die Commission, welche ursprünglich nur aus vier
Mitgliedern bestehen sollte, wurde später noch durch einen
Abgeordneten für Schlesien Rath von Burmeister und durch
einen Abgeordneten für Vorderösterreich Rath von Hormayr
vermehrt. Dieselben werden aber in den Berathungs-
Protocollen fast gar nicht genannt.

Die Commission verlor noch vor ihrem Zusammentreten durch den Tod ihren designirten Präsidenten; statt
seiner wurde der Präsident der Repräsentation und Kam-

---

[1] Bei dem Folgenden wurde ein Referat benützt, das eine
Chronik der Compilationscommission vom 3. Mai bis zum 13. Nov.
1753 enthält.

mer in Brünn Freiherr von Blümögen mit der Leitung der
Commission betraut. Dieser Umstand wurde zur Ursache,
dass Brünn zum Sitze der Commission gegen das Ein-
rathen ihrer Mitglieder bestimmt wurde. Vergeblich hoben
diese hervor, dass die Commission, wenn sie in Wien
tagen könnte, von der Nähe der Bibliotheken und Archive
so wie von der Erleichterung des Verkehres mit den Centralstellen Nutzen ziehen würde.

In Wien wurden nur einige Sitzungen abgehalten, um
den Plan des ganzen Werkes festzustellen.

In der Eröffnungssitzung vom 3. Mai 1753 kam die
Eintheilung des Stoffes und die Geschäftsbehandlung zur
Sprache. Im Eingange des über diese Sitzung aufgenommenen Protocolles wird nach Hervorhebung des Nutzens
einer gleichförmigen Gesetzgebung und des persönlichen
Antheiles, den die Kaiserin an dem Werke nehme, eine
Grenze der vorzunehmenden Arbeiten dadurch gezogen,
dass Alles, was mit dem öffentlichen Rechte und mit den
bestehenden Jurisdictionsverhältnissen zusammenhänge, unverändert zu erhalten sei. Zugleich wird die bedeutungs-
volle Mahnung erhoben, von der Vorliebe für die besonderen Einrichtungen der einzelnen Länder um des gemeinsamen Zweckes willen abzugehen.

Hinsichtlich der Eintheilung des ganzen Stoffes beschloss man, sich nicht an das Schema irgend eines häufig
benützten Handbuches des römischen Rechtes, deren mehrere
zu diesem Zwecke vorgeschlagen worden waren, zu binden,
und, überhaupt dem Ergebnisse der Berathungen nicht
weiter vorzugreifen, als die Hauptabtheilung in drei Theile,
welche von den Personen, Sachen und Obligationen sowie
den daraus entspringenden Klagen handeln sollen — auf-
zustellen. Diese drei Haupttheile sollten nacheinander in
Angriff genommen, die Unterabtheilungen aber gleichzeitig

durch die verschiedenen Mitglieder bearbeitet werden. Die Grundsätze eines jeden Titels gedachte man vor Ausarbeitung des Textes durch Beschlüsse der Commission feststellen zu lassen, und hoffte den Einklang zwischen den einzelnen. Theilen nach Vollendung des ganzen Werkes herstellen zu können. Damit es aber an einer Uebersicht nicht fehle, wurden die Mitglieder der Commission beauftragt, einen detaillirten Plan des ganzen Werkes zu verfassen. Diesem Auftrage entsprachen dieselben auch innerhalb der Frist eines Monates, indem sie einen von Azzoni vorgelegten Entwurf der Eintheilung beriethen und annahmen.

Die rasche Beendigung dieser Arbeit und die Vortheile, die sich aus der Einheit des Referates ergeben mussten, hatten zunächst zur Folge, dass man sich für eine Aenderung des über die Geschäftsbehandlung gefassten Beschlusses und für die Bestellung eines Hauptreferenten, den die übrigen Mitglieder vornehmlich durch Sammlung von Materialien zu unterstützen hätten, aussprach. Durch eine Zersplitterung der Arbeit in mehrere Referate würde, so besorgte man, nicht nur die Gleichartigkeit leiden, sondern auch die Gefahr eintreten, dass die einzelnen Mitglieder sich nur hinsichtlich des ihnen zur Bearbeitung zugewiesenen Stoffes erschöpfend vorbereiten würden.

Bei der Schlussberathung, welche nach Feststellung des Generalplanes gehalten wurde, erörterte man die Frage, ob es die Aufgabe der Commission sein solle, ein ganz neues, bloss aus der gesunden Vernunft abgeleitetes Recht zu verfassen, oder die bestehenden Landesrechte zu compiliren und die sich zeigenden Lücken aus dem allgemeinen Naturrechte und dem Völkerrechte auszufüllen.

Die ausführliche Motivirung, mit welcher man die Aufgabe der Commission in die Codificirung des bestehenden Rechtes verlegte, lässt darauf schliessen, dass man die

Ertheilung eines entgegengesetzten Auftrages nicht für unmöglich hielt. Das bestehende Recht wird hiebei theils
aus dem Grunde empfohlen, weil man für die Arbeit eines
Musters bedürfe, theils weil man die Besonderheiten der
Landesrechte achten müsse, und theils endlich, weil ein
neues Recht schwer in die Lebensgewohnheiten übergehe. Zugleich wird die Annahme ausgesprochen, unver-
merkt ein gleiches Recht herstellen zu können. In den
meisten Dingen herrsche ohnediess Uebereinstimmung, und
die Aenderungen, die man im Interesse der Gleichförmigkeit vornehmen müsste, würden nicht auffallen.

Das Betonen der Nothwendigkeit, an den bestehenden
Landesrechten festzuhalten, musste den Mitgliedern der
Commission die Verpflichtung nahelegen, sich mit den
Rechtsquellen der verschiedenen Länder vertraut zu machen.
Wenige Monate, so glaubte man, würden hinreichen, um
jedes Commissionsglied in den Stand zu setzen, eine Dar-
stellung des Rechtes seines Landes zu verfassen und zur
Orientirung der übrigen Mitglieder vorzulegen. Zu diesem
Zwecke sollten den Commissionsmitgliedern alle Archive
zugänglich gemacht werden, in denen sie Materialien zur
Darstellung der Landesrechte finden könnten.

Bei der am 9. Juni 1753 unter dem Vorsitze des
obersten Staatskanzlers abgehaltenen Sitzung ging man
auf die Anträge der Commission ein, und billigte namentlich den Vorschlag, Darstellungen der Landesrechte ausarbeiten zu lassen. Man hielt es zugleich für geeignet,
die Spitzen der Behörden im Privatwege um Herbeischaff-
ung der Landesrechte anzugehen, damit die Commissionsglieder nicht genöthigt seien, sich desshalb an die
Stände zu wenden, welche leicht Schwierigkeiten machen
könnten.

Bemerkenswerth ist es, dass man bei der Erörterung

des von der Commission vorgelegten Generalplanes, den
man genehmigte, nur eine Stelle in der Einleitung desselben beanstandete, nach welcher das römische Recht
ausdrücklich ausser Kraft gesetzt werden sollte. Man wies
zwar die Compilatoren an, bei ihren Ausarbeitungen von
dem römischen Rechte gänzlich abzusehen, wünschte aber
gleichwohl, dass nur eine Aufhebung der Landesrechte
ausgesprochen werde, da man zur Entscheidung von Fällen,
die in dem neu auszuarbeitenden codex theresianus unberücksichtigt geblieben sein dürften, doch werde zum römischen
Rechte seine Zuflucht nehmen müssen. Ausserdem besorgte man durch eine ausdrückliche Abschaffung des römischen Rechtes, das die Grundlage des Rechtes der Länder des deutschen Reiches bilde, die auswärtige Kritik
herauszufordern.

Diese Züge gewähren einigen Einblick in die Bestrebungen jener Zeit; zur Vervollständigung dieser Characteristik mag es dienen, von zwei Resolutionen Kenntniss
zu nehmen, welche Maria Theresia selbst verfasste und
eigenhändig auf die ihr vorgelegten Protocolle der oben
geschilderten Sitzungen vom 3. Mai und vom 9. Juni 1753
niederschrieb. In der erstern fordert sie nach Beifügung
des „placet" — „es wären alle zu ermahnen, dass nebst
„der Absicht der Gleichförmigkeit deren Gesetzen auch
„schleunigst selbe sollen besorgen, und hauptsächlich ent-
„decken sollen, die in allen Erblanden eingeschlichenen
„Missbräuche, deren Verzögerung, wie abzuthun wären die
„sogenannten Vorurtheile, Schlendrian der sogenannten
„abusiven Gerichtsordnung und wie die Aufzüge und die
„angefochtene Unschuld wider die gewöhnlichen Advocaten-
„künste vor das Künftige können geschützt werden, und
„wie die gottlose Leut' und Pest eines Staates und einer

„christlichen Gemeinde können angesehen und bestraft
werden."

Wenn man aus dieser Resolution entnimmt, welche
Ziele der Kaiserin vorschwebten, so ist es nicht minder
interessant, aus der zweiten Entschliessung zu entnehmen,
wie sehr der Blick am Kleinen haftete. Die Kaiserin verfügte nämlich, indem sie die Vertagung der Commission
bis zum 1. October 1753 — zum Zwecke der Ausarbeitung
von Darstellungen der Landesrechte — genehmigte, aus
eigenem Antriebe, dass man den Commissionsgliedern die
ihnen für die Zeit der Vertagung mit der Hälfte des ursprünglichen Betrages von 12 fl. bewilligten Diäten erst
nach Ablieferung ihrer Arbeiten und nachdem man sich
von der Beschaffenheit derselben werde überzeugt haben,
auszahlen solle.

Das erste Resultat der Arbeiten der eingesetzten Commission ist der Generalplan des ganzen Werkes, welcher,
wie schon oben erwähnt wurde, in der kurzen Zeit eines
Monates zu Stande kam. Als Grundlage aller späteren
Arbeiten verdient er einiges Interesse.

Die Vorbemerkung dazu gibt zunächst den Standpunct
der Commission wieder. Die Herbeiführung einer Gleichförmigkeit des Rechtes betrachtete sie als ihre oberste
Aufgabe, die sie zunächst durch eine Compilation der bestehenden Rechte zu lösen hoffte. So sehr man dabei aber
betonte, dass man von Vorurtheilen für Landeseigenthüm-
lichkeiten absehen müsse, so sollte dadurch doch nicht
ausgeschlossen werden, dass manche Verschiedenheiten als
Vorrechte einzelner Länder fortbestehen. Der Zweck der
Codification ist schon im Titel des codex theresianus ausgesprochen; derselbe lautet: „Mariä Theresiae etc. etc. Allge-
„meines Recht für dero gesammte deutsche Erblande,
„nach welchem sämmtliche treugehorsamste Stände, In-

„wohner und Unterthanen und sowohl obere als untere
„Stellen als einem gleichförmig gewissen und festen
„Gesetz gerichtlich und aussergerichtlich hiefür sich betragen
„und lediglich darnach handeln und richten sollen."

Ueber die Art, wie die Commission zu arbeiten beabsichtigte, gibt ihre Versicherung Aufschluss, sie werde
trachten: „damit jenes, so in der natürlichen Billigkeit ge-
„gründet, von sichern Hauptsätzen durch richtige Vernunft-
„schlüsse abgeleitet von der echten Rechtslehre unentfernt,
„und mit dem Gebrauch deren gesittesten Völkern ein-
„stimmig ist, ·durchgängig beibehalten, all anders aber so
„diesen untrüglichen Quellen nicht beikommt, nach bis-
„herigen ein und ander erbländigen heilsamsten Gesetzen
„und Rechtsverordnungen, dann wo es nöthig mittelst aller-
„höchster neuer Gesetzgebung verbessert, und soweit ein
„gleiches und allgemeines sicheres Recht eingeführet und
„festgestellet werde."

Der codex theresianus sollte abweichend von dem ursprünglich gefassten Beschlusse nicht in drei, sondern in
vier Theile zerfallen, welche dem Rechte der Personen —
der Sachen — der Verbindungen — und der Ordnung gerichtlichen Verfahrens gewidmet wurden. Jeder Theil
wurde in mehrere Abhandlungen, von denen der erste 9,
der zweite 15, der dritte 14 und der vierte 22 enthalten
sollte, untergetheilt; jede Abhandlung sollte in mehrere
Abschnitte, diese in Paragraphe und diese in Absätze zerfallen.

Der Generalplan enthält für jede Abhandlung und
jeden Abschnitt eine kurze Characterisirung des Inhaltes
derselben, zu dessen Begründung zumeist Citate des römischen Rechtes angeführt wurden. Bemerkenswerth ist es,
dass man es nothwendig fand, diesen Vorgang insbesondere zu rechtfertigen, und sich dagegen zu verwahren,

dass eine Bevorzugung des römischen Rechtes beabsichtigt
sei. Als Grund dieser Schreibweise wird angeführt, dass
die theoretische Vorbildung auf dem römischen Recht beruhe, und dass man besorge, durch das Bemühen, sich
einer reinen deutschen Sprache zu befleissen „bei der
kläglichen Gewöhnung an die lateinische" undeutlich zu
werden.

Wie lebhaft man sich mit der Frage über das Verhältniss des neu zu schaffenden Rechtes zum römischen
Rechte beschäftigte, geht daraus hervor, dass man immer
wieder darauf zurück kam. Die Richtung, die man einschlagen wollte, wird am besten durch folgende Bemerkung
gekennzeichnet, die bei Skizzirung des Inhaltes eines Abschnittes in der ersten Abhandlung von der Gerechtigkeit
und den Rechten eingeschaltet wurde. Das römische Recht
sollte nicht mehr in gesetzlicher Geltung stehen, darum
aber nicht aufhören, auf der Lehrkanzel vertreten zu sein;
es sollte gelehrt werden, weil es zur Gesetzesanwendung
geschickt mache und „die natürliche Billigkeit, in welche
„das allgemeine erbländische — erst zu schaffende —
„Recht gegründet ist, entdecke."

Die systematische Eintheilung, welche dem Generalplan
zu Grunde liegt, gewährt einen Einblick in die Anschauungs-
weise der Compilatoren, und ist auch darum doppelt interessant, weil sie sich an keine der über einzelne Theile des
Rechtsstoffes in den verschiedenen Ländern entstandenen
Codificationen anlehnt, und zum Theile für die Stoffeintheilung in unserem allgemeinen bürgerlichen Gesetzbuche
massgebend blieb.

Der erste Theil: Von dem Recht der Personen zerfällt in folgende Abhandlungen:

I. Von der Gerechtigkeit und den Rechten mit den
Abschnitten: 1, Von den Rechten insgemein. 2. Von

4 *

öffentlichem und sonderbarem (privat) Recht. 3. Von dem beschriebenen Recht und denen Gewohnheiten. 4. Von dem gemeinen römischen und sonderheitlichen Länder- rechten. 5. Von Ausdeutung deren Rechten und der natür- lichen Billigkeit. 6. Vom Gegenstand des Rechtes.

II. Vom Stand des Menschen mit den Abschnitten: 1. Vom Stand der Freiheit. 2. Von dem Stand der Bür- gerschaft. 3. Von dem Hausstand.

III. Von der väterlichen Gewalt mit den Abschnitten: 1. Von Vorrechten, so dem Vater über die Kinder zustehen. 2. Von dem Recht der Kinder in Ansehung des Vaters. 3. Von dem Recht zwischen Mutter und Kinder. 4. Wie die väterliche Gewalt erlanget werde und aufhöre.

IV. Von Eheverlöbnissen mit den Abschnitten: 1. Von Eheberedungen, Heirathsgut und Widerlage oder Gegen- vermächtniss. 2. Von Leibgedingen und Witthum-Sitz. 3. Von Morgengabe und andern Schenkungen zwischen Braut und Eheleuten. 4. Von der Weiber Vermögen ausser dem Heirathsgut. 5. Von Versicherung der Heirathssprüche und derselben rechtlichen Forderung.

V. Von Anverwandten und Sippschaft mit den Ab- schnitten: 1. Von Unterschied und Stufen der Anverwandt- schaft. 2. Von den Rechten deren Anverwandten unter- einander.

VI. Von der Vormundschaft mit den Abschnitten: 1. Von letztwillig aufgetragener Vormundschaft. 2. Von Vormundschaft der nächsten Blutsfreunde und Anver- wandten. 3. Von obrigkeitlich aufgetragener Vormund- schaft. 4. Von Entschuldigung deren Vormündern. 5. Wie die Vormundschaft anzutreten. 6. Von Macht und Gewalt der Vormünder. 7. Von Verwaltung deren Unmündigen Vermögens. 8. Von Erlegung deren vormundschaftlichen Rechnungen. 9. Wann und welchergestalten die Vormundschaft aufhöre. 10. Von Abtretung der Vormundschaft und Einantwortung der Güter.

VII. Von Obsorge und Pflege deren minderjährigen und andern Personen mit den Abschnitten: 1. Von Sinnlosen und Blödsinnigen. 2. Von Verschwendern. 3. Von andern Fällen, wo Jemandem die Obsorge und Pflege fremden Vermögens gerichtlich aufgetragen wird. 4. Von Obliegenheiten deren, welchen die Obsorge und Pflege aufgetragen wird.

VIII. Von Herren und Unterthanen mit den Abschnitten: 1. Von leibeigenen Unterthanen. 2. Wie die Leibeigenschaft erworben werde, und die Entlassung davon beschehe. 3. Von andern nicht leibeigenen Unterthanen und derenselben Schuldigkciten.

IX. Von Dienstpersonen mit den Abschnitten: 1. Wie ein Herr gegen seine unverraitteten Diener verfahren könne. 2. Von Schuldigkeit deren Dienstleuten.

Der zweite Theil von dem Rechte der Sachen enthält folgende Abhandlungen:

I. Von Sachen, so einem Jeden zustehcn, mit den Abschnitten: 1. Von beweglichen und unbeweglichen Sachen, Gütern und Habschaften. 2. Von körperlichen und sonderkörperlichen Sachen. 3. Von Sachen, so gegenwärtig oder in der Hoffnung seind.

II. Von Erwerbung des Eigenthums mit den Abschnitten: 1. Von Erwerbung des Eigenthums durch das Natur- und Völkerrecht. 2. Von Erwerbung des Eigenthums durch das bürgerliche Recht. 3. Von Veräusserung der Sachen, Aufhör und Veränderung des Eigenthums.

III. Von Erbfolge aus letztem Willen mit den Abschnitten: 1. Von letzten Hauptwillen insgemein und dessen Feierlichkeit. 2. Von letzten Hauptwillen, so keine oder nicht so viel Feierlichkeit erfordert. 3. Von letzt-

54

ungen. 3. Von gemeiner Uebergabe der Güter, 4. Von Vereinigung der Kinder oder Einkindschaft.

X. Von Schenkungen auf den Todesfall und zwischen Lebenden mit den Abschnitten: 1. Von Wirkungen der Schenkungen auf den Todesfall. 2. Von Wirkungen der Schenkungen zwischen Lebenden. 3. Von Schenkungen, so nicht in blosser Freigebigkeit bestehen, 4. Von Widerruf und Entkräftung der Schenkungen.

XI. Vom Recht, so an den Sachen haftet, mit den Abschnitten: 1. Von nutzbar Eigenthum, Erb- oder Zinsrecht oder Zehend. 2. Von dem Recht der Oberfläche. 3. Von dem Recht der Nutzniessung oder Niessbrauch. 4. Von dem Recht des Gebrauchs und der Wohnung.

XII. Von Dienstbarkeiten an Stadt- und Landgütern mit den Abschnitten: 1. Von Dienstbarkeiten deren Land- und Feldgründe. 2. Von Dienstbarkeiten, deren Haus- und Wohngründe. 3. Wie derlei Dienstbarkeiten erworben und wieder geendiget werden.

XIII. Von Pfand und Unterpfand oder Versicherungsrecht mit den Abschnitten: 1. Von Art und Weise einer Pfands- oder Sicherheitsbestellung. 2. An welchen Sachen ein Pfand oder Sicherheit bestellt werden könne. 3. Von Veräusserung deren zum Unterpfand bestellten Sachen. 4. Wie das Pfand oder Versicherungsrecht aufgehoben werde.

XIV. Von der Sachen Besitz mit den Abschnitten: 1. Wie der Besitz erworben wird. 2. Wie der Besitz erhalten wird. 3. Wie der Besitz wieder erlanget wird.

XV. Von Verjährung der Sachen und Rechten mit den Abschnitten: 1. Von Verjährung beweglicher Sachen. 2. Von Verjährung unbeweglicher Sachen. 3. Von Verjährung deren an Sachen haftenden Rechten. 4. Wie die Verjährung unterbrochen werde. 5. Welche Sachen und Rechte nicht verjährt werden können.

Der dritte Theil von dem Rechte der Verbindungen
zerfällt in folgende Abhandlungen:

I. Von Verbindungen und Rechtsforderungen insgemein
mit den Abschnitten: 1. Von natürlicher Verbindung.
2. Von Verbindungen, wo das Recht beistehet, 3. Von
Verbindungen, denen das Recht entgegen ist.

II. Von Verbindungen und Rechtsansprüchen aus dem
Stand der Personen mit den Abschnitten: 1. Betreffend
den Stand der Freiheit. 2. Betreffend den bürgerlichen
Stand. 3. Den Hausstand betreffend.

III. Von rechtlichen Ansprüchen aus dem Eigenthum
und andern an Sachen haftenden Rechten mit den Abschnitten: 1. Von rechtlicher Anforderung des Eigenthums.
2. Wann Jemand für den Eigenthümer gehalten wird.
3. Von Anspruch des nutzbaren Eigenthums. 4. Von
Anspruch der Sachen wider die Verjährung. 5. Von Anspruch der Sachen aus dem Recht der Dienstbarkeit.
6. Von Anspruch der Sachen aus dem Pfand- und Unter-
pfandsrecht. 7. Von Anspruch der Sachen, welche zum
Nachtheil deren Gläubigern veräussert wurden.

IV. Von Anspruch der Sachen aus erblichem Recht
mit den Abschnitten: 1. Von Anbegehrung der Erbschaft
aus beiderlei Erbfolge. 2. Von Anbegehrung einer auf
Zustellung anvertrauten Verlassenschaft. 3. Von Anbegehrung deren Vermächtnissen. 4. Von Anbegehrung der
Verlassenschaft entgegen dem letzten Willen. 5. Von an-
begehrender Ergänzung des Pflichttheiles. 6. Von anbe-
gehrender Erbtheilung.

V. Von persönlicher Verbindung aus allerlei Zusage
Vergleichungen und Einverständniss mit den Abschnitten:
1. Von Unterschied deren Vergleichungen nach dem römischen Recht. 2. Von Unterschied deren Vergleichungen
nach diesem allgemeinen Recht.

VI. Von Vergleichungen, wo nur Einer verbunden wird, mit den Abschnitten: 1. Von Zusagen und Versprechungen. 2. Von Bürgschaften oder Zusagen für andere. 3. Von Freigebigkeit und Schenkung. 4. Von Verleihung oder Erborgung. 5. Von Schuldbriefen und Schuldscheinen.

VII. Von Vergleichungen, wo einer haupt-, der andere rückverbindlich wird, mit den Abschnitten: 1. Von Lehnung zu Gebrauch. 2. Von anvertrauter Verwahrung oder Hinterlegung der Sachen. 3. Von Verpfändung und Sicherheit. 4. Von Gewalt und Vollmacht.

VIII. Von Vergleichungen, wo beide vergleichende Theile hauptsächlich verbunden werden, mit den Abschnitten: 1. Von Vertauschung. 2. Von Kauf und Verkauf. 3. Von rechtlicher Forderung zu Erfüllung des Kaufs und Verkaufs. 4. Von Rechtsklage wegen minderen Werth. 5. Von Rechtsklagen zu Abweichung von dem Kauf. 6. Von Rechtsklagen wegen Verkürzung über die Hälfte. 7. Von Bedingnissen des Kaufs und Verkaufs. 8. Von Gewährung der verkauften Sachen und der Vertretung. 9. Von Vermiethung und Miethung oder Bestand und Pachten. 10. Von Rechtsforderung und Klage, so dem Miether oder Bestandmann zustehet. 11. Von Gesellschaft.

IX. Von Verbindungen, so gleichsam aus einer Vergleichung entstehen, mit den Abschnitten: 1. Von Besorgung der Geschäften. 2. Von Verwaltung der Vormundschaft. 3. Von der Sachen Gemeinschaft. 4. Von erblicher Gemeinschaft. 5. Von Verbindung aus Erbsantretung. 6. Von Bezahlung einer bedunckenden Schuld (solutio indebiti).

X. Von Verbindungen, so aus Verbrechen entstehen, mit den Abschnitten: 1. Von Verbindung, so aus Diebstahl oder Entfremdung entsteht. 2. Von Verbindung, so aus gewaltsamer Beraubung entsteht. 3. Von Verbindung aus

zugefügtem Schaden. 4. Von Verbindung, so aus Antast-
ung der Ehre oder Handvergreifung entsteht. 5. Von
Verbindupgen, so aus allerhand anderen Misshandlungen
und Uebertretungen entstehen.

XI. Von Verbindungen, so gleichsam aus Verbrechen
entstehen, mit den Abschnitten: 1. Wenn Jemand aus Unerfahrenheit seines Amts, Kunst oder Gewerbes einem andern geschadet. 2. Wenn aus Jemandens Wohnung etwas
hinabgeworfen, ausgegossen oder gefährlich aufgehängt
worden wäre. 3. Wenn durch Leute, deren sich Jemand
bedienet, ein Schaden zugefüget oder ein Diebstahl be-
gangen wird. 4. Von andern Fällen, wo Jemanden etwas
ohne seine Arglist zum Verbrechen gerechnet wird.

XII. Von Verbindungen aus blosser natürlicher Billigkeit, mit den Abschnitten: 1. Von Verbindung und Rechtsklage zu Vorlegung und Ersichtigung einer Sache. 2. Von
Unbehinderung männiglichen Nutzens und Gemächlichkeit.
3. Von Verbindungen aus blossen der Sachen Hergang.
4. Von Verbindungen aus blosser zur Sachen Unbefugniss.

XIII. Von Zugleich- oder Nebenverbindungen, mit
den Abschnitten: 1. Von Nebenverbindungen anderer Personen oder Sachen. 2. Von Sammt- oder Sondersverbun-
denen und von Verbindung deren Erben. 3. Von Zinsen,
Nutzungen, Schäden, Unkosten, Zahlverweilung und was
sonst von Sachen Ursach hat.

XIV. Was gestalten eine Verbindung aufhöre, behoben oder getilget werde, mit den Abschnitten: 1. Von
der Sachen Untergang. 2. Von beidertheiliger Erlassung
oder Vermischung des Vermögens. 3. Von Darstellung
eines andern Schuldners oder Gläubigers und Erneuerung
der Schuld. 4. Von Bezahlung, für bezahlt Annehmung
und Gegenvergütung. 5. Von Verjährung gegen die Verbindungen.

Der Inhalt des vierten Theiles, welcher der „Ordnung gerichtlichen Verfahrs" gewidmet war, kann hier übergangen werden, weil man im Verlaufe der Codificationsarbeiten beschloss, den formellen vom materiellen Theile zu trennen.

Das Civilrecht und der Process wurden in der Folge auch ganz unabhängig von einander bearbeitet.

Nach der eben mitgetheilten systematischen Eintheilung wurden die Darstellungen der Landesrechte von den einzelnen Commissionsgliedern bearbeitet. Von diesen Arbeiten sind nur mehr die Holger's über Niederösterreich, Waldstädten's über Mähren und ein Bruchstück von Azzoni's Arbeit über Böhmen vorhanden. Nach dem Titel derselben sollten sie die Abweichungen des Landesrechtes vom römischen Rechte — Azzoni bezeichnete nebstdem auch andere Rechte als Vergleichsobject — darstellen; sie sind jedoch reicher an allgemeinen Betrachtungen als an quellenmässigen Mittheilungen. Zur Characterisirung des Standpunctes, auf den sich damals eine Compilationscommission stellen konnte, gereicht es, dass Holger, Waldstädten und Azzoni darin übereinstimmen, dass die Gewalt Gesetze zu geben nur beim Landesfürsten sei und dass die Vernehmung der Stände über ein zu erlassendes Gesetz mit der Begutachtung durch die Regierungsbehörde auf gleicher Linie stehe. In dieser Auffassung der gesetzgebenden Gewalt des Landesfürsten wurzelt auch die von Azzoni und Waldstädten ausgesprochene Ansicht, dass das römische Recht in Böhmen und Mähren keine Gesetzeskraft habe. Dieselbe wird auf die Anordnung der Landesordnung gestützt, dass die Entscheidung des Landesfürsten in allen durch die Landesordnung nicht normirten Fällen einzuholen sei. Da aber Azzoni nicht unterlassen kann beizufügen, dass das gemeine Recht von den Gerichten thatsächlich ange-

wendet wurde, so sucht er diesen Widerspruch in folgender
Weise zu erklären: „Ist daher ganz füglich zu schliessen,
„dass zwar das gemeine römische Recht, in wie weit es
„blosse willkürliche Gesätze enthaltet, in Böheimb nicht
„bündig seye; in wie weit aber dasselbe eine allgemeine
„natürliche Billigkeit in sich fasset, nicht zwar als ein
„Gesetz oder eigentlicher lex positiva, sondern als eine
„wegen Beifall deren gesitteten Völkern ungezweifelte na-
„türliche Billigkeit und echter Vernunftschluss zur Richt-
„schnur andiene."

b. Arbeiten während der Zeit, als Azzoni das
Referat führte.

α. Ueber den ersten Theil.

Am 5. November 1753 trat die Compilationscommission
in Brünn zusammen und beschäftigte sich zuerst mit der
Regelung ihres Geschäftsganges. Nach dem Vorschlage
Azzoni's, der inzwischen zum Hauptreferenten für das
Gesetzwerk bestellt und zum Hofrath befördert worden
war, beschloss man, dass er vor Ausarbeitung einer jeden
Abhandlung den Entwurf der Hauptstätze unter den Commissionsgliedern circuliren lasse, damit diese darüber
schriftliche Bemerkungen erstatten könnten. Hierauf sollten
sogenannte Ante-Commissionalsitzungen zum Zwecke einer
mehr formlosen Erörterung folgen, und das Ergebniss dieser Erörterungen bei einer Haupt-Commissionssitzung ge-
prüft werden. Die Meinungsverschiedenheiten, welche nach
diesem Vorgange noch aufrecht bleiben würden, sollten
durch Entscheidung der Kaiserin behoben werden. Bei
der Debatte über diese Angelegenheit machte sich bereits
der Gegensatz der Landesrechte und ihrer Vertreter geltend. Holger und Thinefeld suchten dahin zu wirken, dass

der Hauptreferent die Hauptsätze einer jeden Abhandlung
erst nach dem Ergebnisse der Ante-Commissionalsitzungen
ausarbeite, indem sie besorgten, dass das durch den Referenten vertretene Landesrecht ein zu grosses Uebergewicht erlangen werde, wenn dieser immer nur mit einem
fertigen Operate vor die Commissionsglieder treten würde.
Die Folge lehrte, dass diese Voraussicht nicht ungegründet
war; so lange Azzoni das Referat führte, folgte die Commission in der That vorherrschend den Eigenthümlichkeiten
des böhmischen Landesrechtes und die Commissions-
beschlüsse kamen überdiess immer einhellig zu Stande.

Da die Aufgabe der Commission darin bestand aus
mehreren und verschiedenen Particularrechten ein allgemeines und gleichförmiges Recht zu schaffen, so musste
es ihr als eine der nächsten Aufgaben erscheinen, sich
über den Vorgang klar zu werden, der einzuhalten sei,
wenn man Collisionen zwischen geschriebenem und Gewohnheitsrechte, oder zwischen den Sonderrechten der einzelnen Länder gegenüber stehe.

Die Commission beschloss, Grundsätze festzustellen,
wie in einem solchen Falle vorzugehen sei, ungeachtet das
Bedenken dagegen erhoben wurde, dass es kaum möglich
sei, alle möglichen Fälle zu übersehen, und dass es hinderlich werden könne, wenn die Commission sich vorzeitig
binde.

Diese von Azzoni entworfenen und nach seinem Vorschlage fast unverändert angenommenen Grundsätze enthalten in 37 Absätzen Anforderungen an die Compilations-
Commission, welche über den nächsten Zweck — als
Richtschnur für die Auswahl unter collidirenden Rechts-
bestimmungen zu dienen, — weit hinausgingen, und als
ein Programm der Commission angesehen werden können.

Characteristisch für die Bestrebungen jener Zeit ist es,

dass die Commission einhellig Forderungen an sich stellte,
deren Unausführbarkeit sie bei der ersten in die Sache
selbst eingehenden Berathung erkennen musste, und die
namentlich ein grösseres Mass an rechtsgeschichtlichen
Kenntnissen voraussetzten, als es damals vorhanden war.
Ausserdem gewähren diese Grundsätze einen interessanten
Einblick in die rechtsphilosophischen Ansichten, denen die
Commissionsglieder anhingen. Im Eingange zu diesen
Grundsätzen begegnet man einer Bemerkung, die über-
rascht, wenn man sie mit den in jener Zeit herrschenden
naturrechtlichen Anschauungen vergleicht. Es wird nämlich das Vorhandensein der Verschiedenheit der Landesrechte zurückgeführt auf die Verschiedenheiten der Verfassung der Sitten und der Gewerbe, und die Gleichförmigkeit
des Rechtes davon abhängig gemacht, dass in diesen Dingen
Gleichförmigkeit herrsche. Da nun, wie man glaubte, diese
Voraussetzung zutreffe, so sei die Aufgabe der Compilationscommission, ein einheitliches Recht zu schaffen, eine
berechtigte. Daran schliesst sich die Forderung, aus den
Länderrechten das Natürlichste und Billigste auszuwählen
und die Lücken aus der gesunden Vernunft, dann dem
allgemeinen Natur- und Völkerrechte zu ergänzen.

Die Vorschriften, welche zum Zwecke der Erfüllung
dieser Forderung gegeben werden, verlangen mit Rücksicht
auf die Collision von Länderrechten die Erforschung der
Entstehung und der Motive der einander entgegengesetzten
Bestimmungen, sodann aber das Aufsuchen eines gemeinschaftlichen Grundsatzes, unter den die collidirenden Rechtssätze subsumirt werden könnten, und aus dem dann die
zu gebenden Anordnungen auf dem Wege logischer Entwicklung abzuleiten waren.

Ausnahmen erscheinen nur unter dem Gesichtspunct,
dass sie durch die Landesverfassung bedingt sind, zulässig;

denn Alles, was in das Gebiet des öffentlichen Rechtes einschlägt, sollte unverändert bleiben und war dem Wirken der Commission entrückt.

Das Gewohnheitsrecht wird als Rechtsquelle anerkannt, und dem geschriebenen Rechte gleich geachtet. Azzoni wollte zwar, dass das Gewohnheitsrecht des einen Landes dem geschriebenen Rechte eines andern Landes gegenüber zurückstehen müsse; allein diese Ansicht wurde nicht gebilligt. Man besorgte, dass diesem Vorschlage das Bestreben zu Grunde liege, der böhmischen Landesordnung den österreichischen Rechtsgewohnheiten gegenüber das Uebergewicht zu verschaffen. Ausserdem wurde gegen das Unterordnen des Gewohnheitsrechtes dem geschriebenen Rechte gegenüber eingewendet, dass die Gewohnheiten unmittelbar aus dem allgemeinen Natur- und Völkerrechte — man dachte hiebei wohl an eine Art von Volksgeist — abgeleitet werden, während die geschriebenen Rechte nicht dieser Quelle ihre Entstehung verdanken, sondern als Privilegien das Bestehende sanctionirend verliehen wurden. Es lasse sich demnach gar nicht behaupten, dass das geschriebene Recht an und für sich besser sein müsse als das Gewohnheitsrecht; das geschriebene Recht sei vielmehr in vielen Bestimmungen sehr hart. Dem geschriebenen Rechte könne man auch nicht als einem sichern Ausdrucke des landesfürstlichen Willens den Vorzug vor dem Gewohnheitsrechte geben, denn jetzt herrsche ein anderer landesfürstlicher Wille, welcher nur dahin gerichtet sei, das Natürlichste und Billigste zum Gesetze zu machen.

Neben dem Gewohnheitsrechte wird noch der Gerichtsgebrauch als eine benützbare Rechtsquelle aufgezählt, jedoch zugleich an die Abstellung von Missbräuchen gemahnt.

Nach der Aufzählung der Rechtsquellen werden Bestimmungen über die Ausfüllung der Lücken durch Aufnahme naturrechtlicher Grundsätze gegeben. Bemerkenswerth ist der realistische Character der zu diesem Zwecke aufgestellten Postulate. Das Naturrecht wird nicht als etwas Abstractes, sondern als das Recht characterisirt, das allen gesitteten Völkern gemein ist.

Das Gemeinwohl wird wiederholt als das leitende Princip hingestellt und „das Bedürfniss" findet eine Anerkennung, welche man einer viel späteren rechtsphilosophischen Schule zuzuschreiben gewohnt ist. Von Interesse ist es an dieser Stelle, den in §. 17 a. b. G. B. verwertheten Satz zu lesen, dass dasjenige vorzuziehen sei, was der natürlichen Freiheit angemessen ist. Andere Ausprüche verdienen aus dem Grunde hervorgehoben zu werden, weil sich in ihnen das Bestreben ausprägt, die Grenzen des Rechtsgebietes zu erweitern. Es soll nicht bloss auf strenge Pflichten, sondern auch auf „Wohlanständigkeiten", bei denen eine besondere Billigkeit obwaltet, gesehen werden. Niemand soll an seinem Nutzen, seiner Gemächlichkeit, so weit es ohne Nachtheil Dritter möglich ist, gehindert werden. Niemand soll sich durch den Schaden eines Andern bereichern. Bei Motivirung des Generalplanes wird mit diesem Satze noch die Forderung verbunden, „es solle „Einer das thun oder zulassen, was ohne seinen Schaden „dem Andern zum Nutzen gereichen kann." (2. Theil, 12. Abhandl.)

Die letzten 4 Absätze sind der Aufzählung der Hilfsmittel gewidmet, deren sich die Commission bei ihrer Arbeit zu bedienen hat. Als ein solches Hilfsmittel wird das arbitrium boni viri genannt, und dabei ein vorurtheilsfreier Vernunftgebrauch, ferner eine richtige Erwägung des Endzweckes, der Umstände und der Mittel empfohlen. Benützt werden sollen auch das römische Recht, als Ausdruck der

natürlichen Billigkeit, die Gesetzgebung des Auslandes,
und die Literatur.

Nachdem die Commission diese Grundsätze am 21. November 1753 angenommen hatte, begann sie am 7. November 1753 die Berathungen über das Gesetzwerk selbst.
Characteristisch ist es, dass man beschloss, die Kaiserin
in dem Gesetze selbstredend aufzuführen, und dass man
die Debatte über die Zweckmässigkeit der Aufnahme einer
Definition des Rechtes durch eine Berufung auf die Inten-
tionen der Kaiserin abschloss, denen es nicht entsprechend
wäre, „die Gerechtigkeit nach ihrem sittlichen Verstande
„unberührt zu lassen und dadurch Anlass zu dem Wahne
„zu geben, als ob es genug sei, sich den Gesetzen zu
„fügen, und nur äusserlich gerecht zu sein," während
doch die aus allen Anordnungen der Kaiserin hervorleuch-
tende Absicht der Kaiserin dahin gerichtet sei, „nicht nur
„gute Unterthanen, sondern gute Christen zu haben."

Die Commission verfolgte ihre Arbeiten mit einem
Fleisse, welcher nach den erhaltenen Bruchstücken der damals angesammelten Entwürfe und Protocolle beurtheilt
werden kann, und der in der That ungemein gross gewesen sein muss. Die Umständlichkeit und Weitläufigkeit
der Arbeiten jener Zeit geht aus dem einen Umstande
hervor, dass die von Holger zum ersten Theile geschriebenen Motive 17 Foliobände füllten; der Gesetzestext
dieses 1. Theiles allein, der übrigens mehr im Style einer
Abhandlung als eines Gesetzes geschrieben ist, umfasst
3 starke Foliobände. Die Arbeit konnte wegen der Umständlichkeit der Berathung und der Weitläufigkeit des
Inhaltes nur sehr langsam vorwärts schreiten; es verging
nahezu ein Jahr, ehe die Commission in der Lage war,
ein Resultat ihrer Thätigkeit vorzulegen. Dieses bestand
in den ersten vier Hauptstücken des ersten Theiles, welche

mit dem Ausdrucke der Befriedigung über das zu Stande
Gebrachte, zugleich aber auch mit dem der Unterwerfung
unter jedes Urtheil, das man nach einer von wem immer
zu veranstaltenden Prüfung darüber fällen würde, am
5. October 1754 nach Wien geschickt wurden.

Die Nothwendigkeit, sich darüber zu entscheiden, wie
die Prüfung der Commissionsarbeiten einzurichten sei,
wurde zur Veranlassung, dass die Angelegenheit der Codification mehr in den Vordergrund trat. Nicht unnatürlich
ist es, dass dadurch auch die Gegenbestrebungen wach
gerufen wurden. Eine Denkschrift, welche in dieser Zeit
verfasst wurde, bekämpft die Codification als unausführbar
und als unnöthig. Die Unausführbarkeit wird aus der
Unerschöpflichkeit des Gegenstandes und daraus gefolgert,
dass die Rechtszustände, die Verfassungs- und Verkehrs-
verhältnisse zu verschieden seien, um ein einheitliches
Recht vertragen zu können. Charactistisch ist folgende
Stelle: „Die Lage und die Luft deren Ländern, die Nahr-
„ung und die Lebensart, das Geblüt, die Gedenkens-Art,
„die Auferziehung deren Inwohnern, welche Stüke alle-
„sammt, wenn die Sache recht betrachtet wird, in die
„Verfassung deren Ländern sehr tief einschlagen, ist unter
„denen verschiedenen Nationen nicht gleich.“

Als eine der Hauptverschiedenheiten wird insbesondere die Ungleichheit des Masses der persönlichen Freiheit,
das dem Einzelnen in den verschiedenen Ländern zusteht,
hervorgehoben. Nebenbei wird auf den Widerwillen, auf den
das nur schwer zu erlernende Gesetz bei den Beamten,
die dasselbe anwenden sollen, stossen würde, und in demselben Absatze zugleich auf die zum Theile beschworenen
ständischen Privilegien hingewiesen, mit denen das neue
Gesetz collidiren würde.

Die Absichten der Kaiserin könnte man nach der

Ansicht des Verfassers der Denkschrift viel besser erreichen, wenn man das gemeine Recht, welches mit einem
grossen Aufwande an Unkosten gelehrt werde, als Grundlage des Rechtes beibehalten und sich auf eine Revision
der zerstreuten, bei verschiedenen Anlässen ergangenen
landesherrlichen Verordnungen beschränken würde.

Neben diesen allgemeinen Betrachtungen wird gegen
die Arbeit der Commission der aus der Beschaffenheit derselben geschöpfte Vorwurf erhoben, dass dieselbe mehr
einem Lehrbuche als einem Gesetze gleiche und wegen
ihrer Weitläufigkeit dem Zwecke, die Rechtskunde zu
popularisiren, nicht entsprechen könne. Bemerkenswerth
ist der Vorwurf, dass man in das Gesetz aus Rücksicht
auf die Reinigkeit der Sprache, und im Bestreben, Alles
deutsch zu machen, Unklarheit gebracht, und Anlass zu
neuen Anständen gegeben habe.

Auf die der Codification entgegengesetzten Bestrebungen
ging man nicht ein, nur die Ansicht, dass das Operat der
Commission zu weitläufig sei und zuviel an Motivirungen
enthalte, setzte sich fest und blieb nicht ohne Rückwirkung
auf die Art der Prüfung, der man das eingeschickte Operat
unterziehen liess. Die Entschiedenheit der gegen die Sache
selbst gerichteten Bedenken dürfte mit dazu beigetragen
haben, dass man beschloss, die Prüfung so einzurichten, dass sie zu einer Umarbeitung des ganzen Operates
werden, und jedenfalls sehr viel Zeit in Anspruch nehmen
musste.

Unter dem Vorsitze des Hofrathes Freiherrn v. Buol
wurde eine eigene Commission aus Hofräthen der obersten
Justizstelle und des Directoriums zusammengesetzt. Die
Zahl der Mitglieder betrug neun, da man jedes Capitel
des ersten Theiles, der nach dem Generalplane in neun
Capitel zerfallen sollte, einem besonderen Referenten

5 *

zugewiesen haben wollte. Nach der für diese Commission ausgearbeiteten Instruction sollte man alles Formelle
bei Seite lassen und nur die materiellen Bestimmungen
in Erwägung ziehen. Die Erörterung aller erheblichen
Bedenken sollte aufgespart bleiben, bis die hervorragendsten Mitglieder der Brünner Commission, nämlich Azzoni
und Holger nebst dem Präsidenten Freiherrn von Blümögen nach Wien kommen würden; nur über minder wesentliche Anstände wären schriftliche Aufklärungen einzuholen
gewesen. Die Sorge für stylistische Verbesserungen sollte
bis zur Beendigung der Berathungen über den ganzen
ersten Theil aufgeschoben werden.

Der Umstand aber, dass man einer grösseren Zahl
von Personen einen Einfluss auf die Prüfung des Werkes
einräumte, das Vertheilen der Arbeit an mehrere Referenten, die Schwierigkeiten des Verkehres zwischen den
Commissionen in Wien und Brünn, endlich die Recensen-
ten-Stellung, in welche die Mitglieder der Wiener Commission unwillkürlich hineingeriethen, bewirkten, dass man
die durch diese Instruction gezogenen Grenzen bald überschritt und eine völlige Umarbeitung der von der Brünner
Commission vorgelegten Capitel übernahm, die sich sogar
auf die Stylisirung erstreckte.

Der Geschäftsgang gestaltete sich allmälig so, dass
der Aufsatz des Referenten, zu dem Freiherr v. Buol
immer noch ein Correferat schrieb, unter den Mitgliedern
circulirte; dann fand eine Sitzung statt, deren Beschlüsse
durch den in jener Zeit viel genannten Secretär Ursini der
„reineren Schreibart" wegen redigirt wurden; das so zu
Stande gekommene Operat wurde neuerdings unter den
Mitgliedern in Circulation gesetzt, was zu neuen Bemerkungen und Bedenken, die behoben werden mussten, Anlass gab. Der Gedanke, mit den Brünner Compilato-

ren unmittelbar zu verkehren, war gänzlich aufgegeben
worden. Die Brünner Commission, welche, noch ehe sie von
der Einsetzung der Prüfungs-Commission in Wien Nachricht erhielt, den 2. Band des ersten Theiles vollendet
und den 3. Band dem Ende nahe gebracht hatte — im
Juni 1755 wurde der letztere nach Wien geschickt —
war durch diese Nachricht in ihren Hoffnungen sehr herab-
gestimmt worden. Das Zerreissen der Arbeit in mehrere
Theile und die Besorgniss, sich gegen die tadelnden Bemerkungen nicht vertheidigen zu können, waren es namentlich, welche die Furcht vor einer ungerechten Beurtheilung wach riefen. Sehr erschwert wurde die Aufgabe
der Commission dadurch, dass man von ihr verlangte, sie
solle die Ausarbeitung des zweiten Theiles sofort beginnen, während die Berathungen über den ersten Theil noch
in Schwebe waren. Trotzdem hegte man die Hoffnung,
dass die Arbeit, welche man gern mit einer Statue oder
mit einem Baue verglich, so wohl gefüget werde befunden
werden, dass kein Kritiker die Nothwendigkeit irgend
einer Aenderung werde darthun können.

Als nun die Umarbeitung der ersten zwei Capitel
durch die Wiener Prüfungscommission — welche ihre
Thätigkeit am 9. April 1755 begann — nach Brünn gelangte, so glaubten die Mitglieder der Compilationscommission darin ein Zeichen erblicken zu sollen, dass man
ihre Kraft für unzureichend halte. Der dadurch herbei-
geführten Entmuthigung gaben sie in einer eigenen Rechtfertigungsschrift Ausdruck, in welcher sie zugleich auch
dafür plaidirten, dass Jemand aus ihrer Mitte zu den Berathungen der Prüfungscommission zugezogen werde, damit
diese doch die nöthige Aufklärung und Vertheidigung höre,
ehe sie mühevolle Arbeiten ganz umstürze.

Mit dieser Rechtfertigungsschrift wurde eine Beantwortung der von der Prüfungscommission ausgesprochenen
Bedenken verbunden. Da nun diese Beantwortung der
Gegenstand einer neuen Berathung bei der Wiener Commission wurde, und dieser Vorgang sich bei jedem Capitel
wiederholte, so konnte das Werk durch diesen Geschäftsgang nicht gefördert werden. Es häufte sich ein schwer
zu bewältigendes Material an, dessen Masse um so drü-
ckender wirken musste, als die Differenzen zwischen den
Arbeiten der beiden Commissionen sehr gross waren und
die Aufgabe derjenigen, von denen die Entscheidung abhing, sehr erschweren mussten. Die Zeit verstrich unter
mühevollen Anstrengungen, ohne dass man sich dem Ziele
der Codification näherte. Die Compilationscommission in
Brünn war entmuthigt und unsicher gemacht. Bei dieser
Lage der Dinge suchte man eine Abhilfe zunächst durch
eine Aenderung der Geschäftsbehandlung zu erzielen, und
griff nach dem Beispiele der Wiener Prüfungscommission
zu dem Mittel der Vertheilung der Referate, um mit der
Ausarbeitung des zweiten Theiles rascher vorwärts zu
kommen. Der Erfolg sprach aber nicht für die Zweckmässigkeit dieser Massregel; denn die erste Arbeit, welche
nicht mehr von dem Hauptreferenten Azzoni, sondern von
Thinefeld vorbereitet worden war — die Abhandlung vom
Eigenthume —, wurde bei der Berathung gänzlich verworfen, und musste durch Azzoni umgearbeitet werden.

Nachdem man in dieser Weise fast ein Jahr verloren
hatte, überreichten die Compilatoren eine Denkschrift,
worin sie sich über die Schwerfälligkeit und Langsamkeit
der Revisionsarbeiten beklagen, und namentlich hervorheben, dass sie in ihren weiteren Arbeiten gehemmt seien,
so lange sie nicht wissen, welches Schicksal die im ersten
Theile enthaltenen principiellen Bestimmungen, welche mit

Gegenständen des zweiten Theiles in engem Zusammenhange stehen, haben werden. Die Beschlussfassung über die Principien, von denen sie geleitet wurden, oder die Aufstellung anderer Principien, die für sie in Zukunft massgebend sein sollen, wird besonders dringend empfohlen. Die Compilatoren erbieten sich zugleich in formeller Beziehung den gegen ihre Arbeit erhobenen Bedenken nachzugeben, und eine Umarbeitung mit Hinweglassung der doctrinellen Ausführungen und der Motive vorzunehmen. Zugleich wurde von ihnen hervorgehoben, wie förderlich es für die Arbeit wäre, wenn sie in die Lage kämen, an den Berathungen der Prüfungscommission Theil zu nehmen.

Diese Denkschrift war vielleicht die Veranlassung, dass die Kaiserin sich bewogen fand, einen Mahnruf am 29. Mai 1756 an beide Commissionen ergehen zu lassen, und die Anzeige der an der bisherigen Verzögerung schuldtragenden Personen zu verlangen, indem sie zugleich betonte, wie sehr ihr und dem gemeinen Wesen an der Förderung dieses heilsamen Werkes gelegen sei.

Die Rechtfertigungsberichte der Freiherren v. Buol und v. Blümögen legen den Sachverhalt dar, aus welchem hervorgeht, dass das Hinderniss nicht in dem üblen Willen oder in der Nachlässigkeit der Einzelnen, sondern in den Verhältnissen lag. Hinsichtlich der eine Abhilfe bezweckenden Vorschläge stimmen beide Commissionsvorstände darin überein, dass sie die Auflösung der Brünner Commission empfehlen. Von den Brünner Compilatoren sollten die Repräsentanten des österreichischen und böhmischen Landesrechtes — welche dadurch zugleich auch Repräsentanten römischer und deutscher Rechtselemente waren — zur Wiener Commission zugezogen werden, und mit der Ausarbeitung der Entwürfe betraut bleiben. Diese Aus-

wahl wurde damit begründet, dass alle Meinungsverschiedenheiten, welche sich bei den bisherigen Berathungen
ergaben, auf den Gegensatz zwischen den genannten zwei
Landesrechten zurückzuführen seien. Anfangs hegte man
die Absicht, die übrigen Mitglieder der Brünner Commission
nach Vollendung der Entwürfe zu den Berathungen zuzuziehen, später wurde nur mehr eine schriftliche Begutachtung durch dieselben in Aussicht genommen; thatsächlich
unterblieb in der Folge jeder Verkehr zwischen der durch
die Zuziehung von Azzoni und Holger verstärkten Commission in Wien und den übrigen Mitgliedern der Brünner
Commission.

Die Genehmigung dieser Vorschläge erfolgte bald
nachdem sie gestellt worden waren. Nicht geringen Einfluss übte vielleicht auf die Annahme derselben die dadurch
herbeigeführte Möglichkeit, in den Kosten der Commission
erhebliche Ersparnisse zu erzielen. Die Kaiserin beschäftigte sich wenigstens in ihrer eigenhändigen Entschliessung
mit der Kostenfrage, und verfügte Ersparungen, welche
über die gestellten Anträge hinausgingen.

Mit der Auflösung der Brünner Commission, welche
am 9. Juli 1756 erfolgte, wurde die Wiener Prüfungscommission in eine Gesetzgebungscommission umgestaltet,
in deren Wirkungskreis allmälig die ganze Gesetzgebung
fiel, und in welcher man einen Vorläufer der später eingesetzten ständigen Gesetzgebungscommission erblicken
kann. ¹)

---

¹) Die Neigung zur Erweiterung der Brünner Commission zu
einer ständigen Gesetzgebungscommission zeigte sich schon beim
Beginne ihrer Wirksamkeit. Die Operate der in Wien zum Zwecke
der Erläuterung des tractatus de juribus incorporabilibus tagenden
Commission wurden im Jahre 1753 an die Compilationscommission
in Brünn zur Benützung bei ihren Arbeiten, und zur Ausscheidung

Nachdem die Compilatoren Azzoni und Holger ihre Stellung in Wien angetreten hatten, war es ihre erste Aufgabe, sich über die Geschäftsbehandlung auszusprechen. Sie widerriethen jede Theilung der Arbeit, und bekämpften namentlich die ursprünglich ausgesprochene Absicht, ihre Arbeiten durch Ursini formuliren zu lassen. Nach ihrem Vorschlage sollte Holger Materialien sammeln und andere Hilfsarbeiten verrichten; Azzoni aber die Entwürfe selbst ausarbeiten und mit Holger besprechen. Der beendigte Entwurf einer Abtheilung sollte dann unter Hinzutreten eines österreichischen und eines böhmischen Mitgliedes der Commission berathen und das hiebei Vereinbarte vor der ganzen Commission vorgetragen werden. Die Meinungsverschiedenheiten, die dann noch übrig bleiben würden, wären in Sitzungen unter dem Vorsitze des obersten Kanzlers auszugleichen gewesen.

Fast zwei Jahre vergingen, ehe die Compilationscommission mit einem Resultate ihrer Thätigkeit hervortreten konnte. Obgleich man die Fortsetzung der in Brünn begonnenen Arbeiten über den zweiten Theil ganz aufgegeben hatte, und sich ausschliesslich mit der Umarbeitung des ersten Theiles beschäftigte, so konnte man diesen der Kaiserin doch erst im Juni 1758 überreichen.

In dem Abschlusse dieses ersten Theiles des ganzen Werkes liegt ein bedeutendes Moment; damit war der

---

des privatrechtlichen Theiles geleitet. Die oberste Justizstelle wurde ersucht, der Compilationscommission Gesetzgebungsmateriale mitzutheilen, und keine Verordnung in Justizsachen zu erlassen, ohne sich vorher an das Directorium zu wenden, das hierüber die Compilationscommission zu vernehmen beabsichtigte. Das Directorium sprach ferner schon im Jahre 1753 die Ansicht aus, dass es zu den Aufgaben der Commission gehören müsse, auch das Strafrecht zu behandeln.

thatsächliche Beweis geliefert, dass eine Vereinigung der
Ansichten, die so weit auseinander zu gehen schienen,
möglich sei. Es war ein Erfolg der Codificationsbestrebungen
erzielt, welcher nicht wenig dazu beigetragen haben dürfte,
dass man trotz der vielfältigsten Schwierigkeiten das vor-
gesteckte Ziel nicht aus den Augen liess, und mit zäher
Ausdauer auf der betretenen Bahn fortschritt, die oftmals
vergebliche Arbeit immer wieder von Neuem beginnend.
Dieses Operat ist auch darum von grosser Wichtigkeit,
weil es die Grundlage aller späteren Arbeiten wurde,
und durch seine in sich abgeschlossene Existenz darauf
Einfluss genommen haben dürfte, dass man später auf den
Gedanken gerieth, den das Personenrecht behandelnden
ersten Theil des zu schaffenden Gesetzbuches abgesondert
als Gesetz einzuführen.

Das Materiale an Entwürfen, Vorträgen, Bemerkungen, Berathungsprotokollen, aus welchem dieses Operat
entstand, ist zum Theile erhalten, und gewährt einen
Einblick in die Anschauungen und Bestrebungen jener Zeit.

So sehr man bestrebt war, sich von dem römischen
Rechte zu emancipiren, so sehr liebte man es, das zu
schaffende Werk mit der Justinianeischen Compilation auf
eine Stufe zu setzen, und Aeusserlichkeiten nachzuahmen.
Es sollte z. B. das Kundmachungspatent in der Form der
Edicte Justinian's ausgefertigt werden, was jedoch unterblieb. Man unterliess es auch, gegen den bei Beginn der
Berathungen gemachten Vorschlag sich in einer Einleitung
über das Bedürfniss der Rechtseinheit zu verbreiten.

An theoretischen Ausführungen sind namentlich die
ersten Entwürfe sehr reich, sie geben in den die ersten
Abschnitte betreffenden Theilen die damals herrschenden
naturrechtlichen Anschauungen wieder. Bei der starken
theocratischen Färbung derselben ist das Bestreben, den

Wirkungskreis der geistlichen Gerichtsbarkeit einzuschränken, doppelt bemerkenswerth.

Die Gewalt, Gesetze zu geben, wird als von Gott verliehen erklärt; dazu aber beigefügt, dass „die Gesetze „sich auf die gemeine Wohlfahrt gründen." Als Grundlage aller positiven Vorschriften wird das Gebot hingestellt: „Liebe Gott über Alles und den Nächsten wie dich selbst" und aus demselben die Pflicht der Ehre und des Gehorsames gegen Gott, der Selbstpflege gegen sich und der Erhaltung gegen die menschliche Gesellschaft abgeleitet. Das in dieser Weise characterisirte positive oder geordnete Recht, welchem das natürliche Recht entgegengehalten wird, soll in das göttliche und menschliche, und das letztere in das Völkerrecht und Civilrecht zerfallen. Diese Eintheilung bildete den Gegenstand einer Controverse zwischen der Brünner und Wiener Commission, indem letztere die Hauptabtheilung des Rechtes in das göttliche und menschliche gezogen wissen wollte, während erstere ihre Auffassung durch die Bemerkung unterstützte, dass sie dem Unterschiede dessen entspreche, was Gott als Urheber der Natur und was er als höchster Gesetzgeber gesetzt habe.

Ausser der Eintheilung waren es unter den in der ersten Abhandlung normirten Gegenständen namentlich das Gewohnheitsrecht und die Interpretationsregeln, welche in den zwischen den beiden Commissionen gewechselten Bemerkungen erörtert wurden. Die Brünner Commission gewährte dem Gewohnheitsrechte, das sie in dem stillschweigenden landesfürstlichen Willen gegründet fand, nur einen sehr geringen Einfluss, denn sie wies die Gerichte an, wenn sich eine Lücke zeige, durch Anfragen einen Act der Gesetzgebung zu provociren, ergriff besondere Vorsichtsmassregeln gegen den möglichen Einfluss des Ge-

richtsgebrauches, indem sie den Präjudicien jede verbindliche Kraft absprach, und machte die verbindliche Kraft
einer Gewohnheit davon abhängig, dass sie vernunftgemäss
und nicht wider die guten Sitten, das Recht und die gemeine Wohlfahrt sei. Nicht mit Unrecht wurde bei der
Wiener Commission gegen diese Bestimmungen eingewendet, dass unter der Herrschaft derselben ein Gewohnheitsrecht weder entstehen noch bewiesen werden könne.
Doch nicht bloss darum sprach man sich für die Weglassung des vom Gewohnheitsrechte handelnden Abschnittes
aus, sondern weil durch Zulassung eines Gewohnheitsrechtes die Gleichförmigkeit des Rechtes aufgehoben und
Anlass zu Missbräuchen geboten würde; denn das Gewohnheitsrecht sei ein foetus reipublicae democraticae. Die
Brünner Commission vertheidigte sich lebhaft gegen diese
Auffassung, indem sie gerade mit Rücksicht auf die Majestätsrechte sich dafür aussprach, dass die höchste Gewalt,
wenn sie stillschweigend in ein entstehendes Gewohnheitsrecht einwilligen wolle, darin nicht zu beschränken sei.
Ausserdem wird sich auf die Anerkennung des Gewohnheitsrechtes in vielen landesfürstlichen Verordnungen, so
wie darauf berufen, dass fast das ganze österreichische
Landesrecht auf Gewohnheiten beruhe. Zur Unterstützung
wird ferner die Anerkennung des Gewohnheitsrechtes im
Entwurfe des preussischen Landrechtes angeführt.

Unvermeidlich sei es übrigens hinsichtlich quantitativer
Bestimmungen über Maass, Grösse, Zahl, Zeit, Ort den
Landesbrauch als massgebend anzuerkennen; endlich sei
die Anerkennung des Gewohnheitsrechtes auch darum
nöthig, weil man nicht immer, wenn in der Gesetzesanwendung eine Lücke wahrgenommen werde, einen Act
der Gesetzgebung hervorrufen könne.

Die Wiener Commission liess sich dadurch von ihrer

Ansicht nicht abbringen, und erst, nachdem die Stellung dieser Commission sich änderte, und die Compilatoren Azzoni und Holger in dieselbe aufgenommen wurden, gelang es bei der letzten Revision, das Gewohnheitsrecht zur Anerkennung zu bringen. Einen gleichen
Gang nahm die Controverse über die Aufstellung von Interpretationsregeln, welche nach der Intention der Brünner
Commission gegen das Haften am Buchstaben gerichtet
waren, und die häufigen Gesetzeserläuterungen überflüssig
machen sollten. Bei der Wiener Commission nahm man
aber Anstoss daran, dass zwischen dem Wortlaute und
Sinne eines Gesetzes unterschieden werden könnte, und
meinte, dass die Zulässigkeit dieser Unterscheidung aus
der natürlichen so wie aus der christlichen Moral ausge-
rottet werden müsse, weil sonst Treu und Glauben darüber
zu Grunde gehen würden. Die Aufrechthaltung einer
Rechtseinheit und Rechtssicherheit hielt man für unmöglich,
wenn jede Entscheidung von der Auslegung abhängen
solle, die der einzelne Richter dem Gesetze geben wolle.
Diesem Zustande gegenüber sei das Anhäufen von Decla-
rationen das geringere Uebel. Die Brünner Compilatoren
beharrten bei ihrer Ansicht, dass die Behelligung der
gesetzgebenden Gewalt durch das Erbitten von Gesetz-
erläuterungen zu vermeiden sei, und legten Werth darauf,
dass sie die Grundsätze der Interpretationskunst, welche
man bisher zu den arcanis der Rechtswissenschaft rech-
nete, popularisirten und gemeinverständlich darstellten. Bei
der letzten Revision wurden die Interpretationsregeln
wieder in das Operat aufgenommen. Dadurch wurde die
Stoffeintheilung der ersten Abhandlung mit jener nahezu
übereinstimmend, welche von der Brünner Commission
vorgeschlagen worden war; sie wich aber von dem ursprünglichen Generalplane ab, indem statt sechs Abschnitten

nur vier, welche von den Gesetzen — den Gewohnheiten — den Freiheiten (Privilegien) — und der Ausdeutung handeln, angeführt werden, denen ein Eingang — von den Rechten insgemein — vorangeht.

Bei der zweiten Abhandlung vom Stand der Menschen behielt man die Eintheilung des Generalplanes in drei Abschnitte bei.

Im Stande der Menschen erblickte man nach der bei der Wiener Commission angenommenen Definition „eine „Eigenschaft, kraft welcher Jemand als ein Mitglied einer „menschlichen Hauptgesellschaft betrachtet und denen „solcher Gesellschaft anklebenden Rechten theilhaftig wird.“

Von solchen Hauptgesellschaften nahm man aber drei als vorhanden an, „die erste Gesellschaft unter allen freien „Menschen, die zweite unter Gliedern eines Staates, die „dritte unter Hausgenossen, daher denn auch der Stand „der Menschen dreifach ist, der Stand der Freiheit, der „bürgerliche Stand in einem Staate, der Hausstand.“

Unter den Differenzen, welche hinsichtlich dieser Abhandlung zwischen den beiden Commissionen entstanden, verdient jene besonders hervorgehoben zu werden, welche sich auf die Frage bezieht, wer als Ausländer anzusehen sei. Die Brünner Commission hielt dafür, dass die Angehörigen der einzelnen Kronländer im Verhältnisse zu einander als Ausländer zu behandeln seien, und dass man von dieser Regel nur hinsichtlich der erbländischen Unterthanen eine Ausnahme machen könne, da die neue Gesetzgebung dazu beitragen solle, die Bande unter den Erblanden fester zu knüpfen. Die Wiener Commission sträubte sich dagegen, die nicht zu den Erblanden gehörigen Unterthanen der Kaiserin als Ausländer zu bezeichnen, und wollte nichts davon wissen, dass man die Anerkennung der Rechtsfähigkeit im Verkehre zwischen den Kronländern von der Reciprocität abhängig machen solle.

Die Bestimmungen, welche nach dem Generalplane den Inhalt der vorletzten Abhandlung von den Herren und Unterthanen bilden sollten, wurden von der Brünner Commission in zwei Abhandlnngen vertheilt und der Abhandlung über den Stand der Menschen angereiht. Die erste derselben, welche in zwei Abschnitte — von der Unterthänigkeit und von den Wirkungen der Unterthänigkeit — zerfällt, handelt von der persönlichen Unterthänigkeit; die zweite, vier Abschnitte — von den Erbholden, von den Wirkungen des Erbholdrechts, von den eigengenannten Grundunterthanen, von den Wirkungen des grundobrigkeitlichen Rechtes — enthaltende Abhandlung ist der Normirung der Verhältnisse der anderen Gattungen von Unterthanschaft und den für alle Arten von Unterthänigkeit geltenden Bestimmungen gewidmet. Die in diesen Abhandlungen enthaltenen Anordnungen enthalten fast nichts, was mit dem gegenwärtigen Rechte zusammenhängen würde. Die Erörterungen, welche hierüber zwischen den beiden Commissionen stattfanden, sind nur darum interessant, weil sie für die Unsicherheit characteristisch sind, mit welcher man sich im Bestreben, die Lage der Unterthanen zu mildern, bewegte. Man hielt es z. B. für nöthig, den Ausspruch, dass es in den Erblanden keine Leibeigenschaft gebe, zu mildern, da die Bauern sich sonst als berechtigt fühlen und daraus gefährliche Folgerungen ableiten könnten. Nur der Abschnitt über die Wirkungen des grundobrigkeitlichen Rechtes enthält Bestimmungen über das Tubularwesen, welche mit dem heutigen Rechtszustande zusammenhängen. Es findet sich daselbst der Grundsatz ausgesprochen, dass man dingliche Rechte nur durch die grundbücherliche Eintragung erwerben könne; dieser Grundsatz blieb übrigens damals nicht ohne Anfechtung, denn man hielt bei der Wiener Commission dafür, dass die Eintragung nur zum Beweise diene, nicht aber für den Bestand des Rechtes wesentlich sei.

Die fünfte, dem Eherechte gewidmete Abhandlung, welche nach dem Generalplane der Abhandlung über die väterliche Gewalt folgen sollte, wurde nebst der Abhandlung über die Verwandtschaft vorangestellt und nach den zwei Abhandlungen über das Unterthänigkeitsverhältniss eingetheilt. Die Unterabtheilung dieser Abhandlung wurde gleichfalls etwas geändert, indem man den letzten Abschnitt „von der Versicherung der Heirathssprüche und derselben rechtlichen Forderung" wegliess, und den Inhalt der übrigen vier Abschnitte in sechs Abschnitte vertheilte. Der Inhalt dieser Abhandlung ist zum grössten Theile der Regelung der Vermögensverhältnisse gewidmet; nur der erste Abschnitt behandelt das Eheverlöbniss, und damit im Zusammenhange die Fälle, in denen die Eingehung einer Ehe von der Ertheilung einer Genehmigung abhängig ist. Das Eherecht festzusetzen hatte man keine Veranlassung, da die geistliche Gerichtsbarkeit in Ehesachen aufrecht erhalten bleiben sollte. Im Laufe der Berathungen machte sich gleichwohl das Bestreben geltend, den Einfluss der geistlichen Gerichtsbarkeit einzuschränken. Es war namentlich die Wiener Commission, welche die Ansicht vertrat, dass das geistliche Gericht bei den Entscheidungen über den Bestand der Ehe an das weltliche Recht in Beziehung auf die Prüfung der persönlichen Rechtsfähigkeit gebunden sei. Bei dieser Commission war man auch bemüht, jeden Eingriff der geistlichen Gerichtsbarkeit in die Entscheidung über die Vermögensfragen fern zu halten; man entzog darum auch den vor dem geistlichen Gerichte in Vermögensangelegenheiten geschlossenen Vergleichen die Executionsfähigkeit. Anderseits lehnte man die von der Brünner Commission beantragten Bestimmungen ab, nach welchen die Vollstreckung auf Erfüllung eines Eheverlöbnisses durch den weltlichen Arm hätte erfolgen sollen. Die Wiener Commission war es auch, welche auf nicht katholische Unterthanen Rücksicht nahm, und darum die Bestimmung ablehnte, dass das Witthum durch den Abfall vom katholischen Glauben verwirkt werden solle.

In den vermögensrechtlichen Bestimmungen zeigt sich der Einfluss ständischer Unterschiede namentlich in Beziehung auf die Gültigkeit formloser Schenkungen unter Ehegatten, dann hinsichtlich der beschränkten Zulässigkeit von Erb- und Gütergemeinschaftsverträgen. Die Gestattung der Gütergemeinschaftsverträge mit der Beschränkung der Zulässigkeit auf „gemeine Leute" wurde erst bei der Wiener Commission mit Berufung auf die in Oesterreich bestehende Uebung ausgesprochen.

Bemerkenswerth sind die Vermittlungsanträge zwischen der den älteren namentlich dem böhmischen Rechte eigenthümlichen Verpflichtung der Familie zum standesmässigen Unterhalte der Wittwe, so wie zum Unterhalte und zur Ausstattung der Töchter, dann dem Bestreben, diese ungewisse Verpflichtung hinsichtlich der Quantität der Leistung und der Person des Verpflichteten zu präcisiren. Dazu gehört die Verwandlung des Anspruches der Wittwe auf Unterhalt in einen Erbanspruch; die Entbindung der Seitenverwandten von der Verpflichtung zur Bestellung eines Heirathsgutes. Die Brünner Commission hat in letzterer Beziehung zwar anerkannt, dass die Brüder nicht schuldig sind, ein Heirathsgut zu bestellen, jedoch noch beigesetzt, dass eine solche Bestellung sehr geziemend sei; dieser Beisatz wurde erst bei der letzten Revisionsberathung gestrichen.

Die bevormundende Richtung der Zeit ist characteristisch
in den Verboten ausgeprägt, durch welche verhütet werden
sollte, dass man die Freiheit der Verfügung über das Vermögen bei Eingehung der Ehe in zu hohem Grade ein-
schränke. Aus diesem Grunde sollte durch alle Verträge
unter Ehegatten nicht mehr als ein Drittel ihres Vermögens
gebunden werden.

Die Abhandlung von der Verwandtschaft unterscheidet
sich in Beziehung auf die Stoffvertheilung von dem Generalplane nur dadurch, dass der erste Abschnitt in die
zwei Abschnitte von den Gattungen der Verwandtschaft
und von den Staffeln der Verwandtschaft zerlegt wurde.
Bemerkenswerth ist das Hervorheben der Unterscheidung
zwischen dem männlichen und weiblichen Stamme, welche
Unterscheidung auch einen sehr bedeutenden Einfluss auf
den Inhalt und Umfang der den Verwandten zustehenden
Berechtigung hat. Zu den Rechten, welche beiden Arten
von Verwandten gemeinsam zukommen, werden gerechnet,
der Anspruch auf ein besonderes Verfahren in den unter
Verwandten vorkommenden Streitigkeiten, auf besondere
Schonung der Ehre und auf einige Ausnahmen im Voll-
streckungsverfahren. Principielle Differenzen fanden aus
Anlass dieser Abhandlung zwischen den beiden Commissionen nicht statt; die Wiener Commission beschloss nur,
abweichend von der Brünner Vorlage, bei der Darstellung
der verwandtschaftlichen Verhältnisse dem Beispiele der
österreichischen Successionsordnung zu folgen.

Im Wesen der Sache wichen die beiden Commissionen
auch hinsichtlich der Abhandlung von der väterlichen Gewalt nicht von einander ab. Die Stellung dieser Abhandlung
und die Stoffvertheilung in derselben bekunden eine seit der
Entwerfung des Generalplanes vor sich gegangene Aenderung der Ansichten. Nach dem letzteren sollte sie sich an

die Abhandlung vom Stand der Menschen anschliessen;
nach dem Entwurfe bildet sie den Uebergang zur Abhandlung von der Vormundschaft. Nach dem ursprünglichen
Plane sollten die Abschnitte nach der Rechtssphäre der an
dem Familienverhältnisse theilnehmenden Personen — Vater
— Mutter — Kind — abgegrenzt werden; in dem Entwurfe
ist aber der Stoff nach den Gesichtspunkten der Erlangung, Wirkung und Erlöschung der väterlichen Gewalt
vertheilt.

Die im Jahre 1753 erfolgte Hinausschiebung der Grossjährigkeit bis nach Zurücklegung des vierundzwanzigsten
Lebensjahres bereitete den Commissionen grosse Schwierigkeiten. Man suchte diese Massregel dadurch zu mildern, dass man die Dauer des väterlichen Fruchtniessungsrechtes auf die mit dem zwanzigsten Jahre endigende Un-
vogtbarkeit einschränkte, über diese Zeit hinaus nur die
Ausübung einer Beistandschaft statt der väterlichen Gewalt
zuliess, und zahlreiche Fälle festsetzte, in denen der vogt-
bare jedoch noch minderjährige Sohn von der Beistandschaft entbunden wurde. Als ein Vorläufer der spätern
Aufhebung des elterlichen Fruchtniessungsrechtes verdient
die Bestimmung hervorgehoben zu werden, welche den
Vater verpflichtet, ein Drittel der Nutzungen des Kindergutes zur Abtragung der Schulden oder zu Meliorationen
zu verwenden.

Dass man das Wesen der väterlichen Gewalt in
Pflichten und nicht in Rechten des Vaters erblickte, dafür
spricht einerseits die ausdrückliche Verwahrung gegen eine
Verwechslung der Bestimmungen des Entwurfes mit der
römischen Auffassung der patria potestas, anderseits die
Controle, die gegen den Vater geübt wird, um eine
schlechte Verwaltung oder gar eine Veräusserung des
Kindergutes zu hindern.

6 *

Die Aenderungen in der formellen Behandlung der Bestimmungen über die Vormundschaft und Curatel, welche der Vergleich des Entwurfes mit dem Generalplane erkennen lässt, scheinen gleichfalls aus einer Aenderung in der Auffassung zu fliessen.

Die Vormundschaft und die Curatel, welche den Inhalt von zwei besonderen Abhandlungen bilden sollten, wurden zu einer einzigen Abhandlung mit dem Titel „Von der Vormundschaft" vereinigt. Die Untertheilung in Abschnitte zeigt ferner, dass man der Verschiedenheit der Entstehungsgründe der Vormundschaft nicht die ursprüngliche Bedeutung beilegte, welche dazu bestimmte, jede Art der Vormundschaft in einem besonderen Abschnitte zu behandeln. Die ältere Auffassung, welche in der Vormundschaft nicht bloss eine Summe von Pflichten, sondern auch ein werthvolles Recht erblickt, klingt noch in dem Entwurfe durch, und ist bis auf den heutigen Tag nicht gänzlich beseitigt worden. Nach dem Entwurfe wird als Grundlage der verwandtschaftlichen Vormundschaft die Verbindung des Blutes, daneben aber auch die Erbanwartschaft bezeichnet, und darum verliert auch ein zur Vormundschaft berufener Verwandte, welcher sich zur Antretung der Vormundschaft nicht meldet, die Erbfähigkeit in Ansehung des Mündelvermögens. Die Consequenzen der Auffassung über das Wesen der Vormundschaft zeigen sich zunächst bei den Bestimmungen über die Entlohnung der Vormünder. Der Entwurf sollte zwischen den einander als Gegensätze gegenüber gestellten österreichischen und böhmischen Rechten, von denen ersteres die Belohnung nach richterlichem Ermessen bestimmen liess, letzteres aber dieselbe auf ein Sechstel des reinen Einkommens fixirte — vermitteln. Zu diesem Zwecke wurde eine Scala aufgestellt, nach welcher die Belohnung des Vormundes, je

nachdem das Einkommen 3000 bis 30,000 fl. betrug, 500
bis 4000 fl. betragen konnte; bei einem Einkommen von
mehr als 30,000 sollte die Belohnung vom Landesfürsten,
bei einem Einkommen unter 3000 fl. nach richterlichem
Ermessen bestimmt werden.

Bei der Wiener Commission hielt man es nicht für
räthlich, diese Rechtsverschiedenheit zu beseitigen, und
beschloss die Aufrechthaltung des bestehenden Zustandes
mit dem Beisatze, dass die Belohnung dort, wo sie nach
dem Ermessen bestimmt wird, nicht mehr als ein Sechstel
des reinen Einkommens betragen dürfe.

Das Bestreben, die Wirkungen der Hinausschiebung
der Grossjährigkeit zu mildern, zeigte sich bei der Behandlung der Vormundschaft in derselben Weise, wie diess
hinsichtlich der väterlichen Gewalt erwähnt wurde.

Die letzte Abhandlung von den Dienstpersonen wurde
dem Personenrechte angereiht, weil man annahm, dass
dem Herrn eine Art von Gewalt über seine Diener zu-
stehe, und weil man in dem Abschlusse eines Vertrages
zwischen Herr und Diener keine ausreichende Grundlage
zur Beurtheilung des gegenseitigen Verhältnisses erblickte.

Es war auch nicht bloss das Verhältniss zwischen
Herr und Diener, dessen Regelung man sich zur Aufgabe
machte, man hatte auch die Beziehungen vor Augen, in
die eine Dienstperson als Diener einer Grundobrigkeit trat.
Von diesem Gesichtspunkte aus betrachtet erschien der
Diener nicht bloss als Untergebener und Bevollmächtigter
seines Herrn, sondern auch als Vorgesetzter der Unterthanen und als Träger staatlicher Aufgaben, die er als
Patrimonialbeamte zu erfüllen hatte. Er hat demnach in
Ausübung seiner Dienstespflichten auch für die Kundmachung und den Vollzug der Gesetze und Verordnungen zu
sorgen; es wird ihm die Aufrechthaltung des Nahrungs-

standes der Unterthanen, die Erhaltung guter Nachbar-
schaft, die Verbesserung der Landwirthschaft und Vieh-
zucht an's Herz gelegt.

Das Gewaltverhältniss zwischen Herr und Diener findet
seinen Ausdruck namentlich darin, dass die Herren, welche
zugleich Grundobrigkeiten waren, die Jurisdiction über
ihre Dienstpersonen selbst ausüben, und in Rechnungs-
streitigkeiten selbst entscheiden sollten. In Ausübung dieser
Gerichtsbarkeit konnte ein Herr seinen Beamten, wenn er
bei der Scontrirung der Casse Anstände wahrnahm, ver-
haften. Nach dieser Auffassung des Verhältnisses zwischen
Herr und Diener konnten die Pflichten des Letzteren nicht
scharf abgegrenzt werden. Die Grundlage für die Beurtheilung der Pflichten sollte nicht bloss in der vertrag-
mässigen Uebernahme der Pflichten, sondern darin liegen,
dass der Herr dem Diener Vieles anvertrauen müsse. Es
sollte daher der Umfang der Verpflichtung und ausserdem
das Verschulden eines Dieners nach Ermessen beurtheilt
werden. Als Leitfaden für die Anwendung dieses Ermes-
sens wurde aber die Regel aufgestellt, es entspreche der
Milde des Gesetzes und der Menschlichkeit, hiebei mehr
die Milde als die Strenge walten zu lassen. Diese Unbe-
stimmtheit war es namentlich, welcher man im Schoosse
der Wiener Commission abzuhelfen suchte; ausserdem war
man da bestrebt, die Jurisdictionsgewalt des Herrn über
den Diener einzuschränken.

Hinsichtlich der formellen Behandlung ist nur zu erwähnen, dass man den dritten Abschnitt des Brünner Entwurfes, welcher „von dem Recht und Verbindung des
Herrn aus Handlungen der Dienstpersonen" handelt, als
in den dritten Theil gehörig wegliess.

β. über den zweiten Theil.

Nach Beendigung des ersten Theiles wurde die Commission gedrängt, die bereits in Brünn begonnenen Arbeiten über den zweiten Theil wieder aufzunehmen.

Während die Revisionsarbeiten über die erste Redaction des ersten Theiles bei der Wiener Prüfungscommission sich im Zuge befanden, wurden in Brünn die Abhandlungen über die Sachen im Allgemeinen, über das Eigenthum, über Schenkungen bearbeitet und Vorarbeiten für
die das Erbrecht betreffenden Abhandlungen gemacht. Die
ersten Entwürfe der Abhandlungen über die Sachen und
über das Eigenthum, welche von Thinefeld herrührten,
wurden bei der Berathung verworfen. Dieselben waren
reich an Bestimmungen, welche dem Gebiete der Verwaltung angehören, und sich namentlich auf die Benützung des
fliessenden Wassers und Schutzanstalten gegen Wasser-
schäden, dann auf die Herstellung und Erhaltung von
Wegen bezogen.

Erwähnenswerth ist die Debatte, welche aus Anlass
der Aufzählung der dem Verkehre entzogenen Sachen über
das Asylrecht entstand. Die Beseitigung desselben hielt
man damals noch für unzulässig, und suchte sich durch
das Betreten eines Mittelweges und Verweigerung des
Asylrechtes für gewisse Verbrechen zu helfen. Das Asylrecht soll nur zur Erhaltung des Lebens, nicht aber zur
Verhinderung der Züchtigung dienen, und darin seine
Grenze finden, dass die Geistlichkeit, wenn man auch die
Anhaltung eines Missethäters von ihr nicht verlangen könne,
demselben doch nicht zur Flucht verhelfen dürfe.

Characteristisch für die Bestrebungen jener Zeit ist
es, dass man einerseits nur Katholiken den Erwerb unbeweglicher Güter gestattete, während man anderseits die

todte Hand vom Erwerbe unbeweglicher Güter ausschloss und den weltlichen Ständen ein Einstandsrecht hinsichtlich der von der Geistlichkeit früher erworbenen Güter einräumen wollte.

Die Umarbeitung, welcher Azzoni die beiden erwähnten Abhandlungen Thinefeld's unterzog — die Abhandlung über die Schenkungen kam gar nicht zur Berathung — wich in der Eintheilung des Stoffes von dem ursprünglich festgesetzten Generalplane wesentlich ab. Die Abhandlung von den Sachen enthält nebst einem Eingange sieben Abschnitte, — von den Sachen, die Gott geheiligt sind, — von den Sachen, die in dem Gebrauche aller Menschen sind, — von den Sachen eines Staates oder Landes, — von den Sachen derer Gemeinden, — von den Sachen derer einzelnen Personen, — von beweglichen und unbeweglichen Sachen, — von unkörperlichen Sachen.

Die Abhandlung vom Eigenthum zerfällt in drei Abschnitte: von Erwerbung, von Uebertragung und von den Wirkungen des Eigenthums.

Nach diesen Entwürfen gibt es keine herrenlosen Sachen, denn alle Sachen werden entweder vererbt, oder das landesfürstliche Heimfallsrecht findet auf dieselben Anwendung. Die Occupation gewährt nur Besitz. Dem Landesfürsten steht das Eigenthum an allen öffentlichen Sachen, deren Gebrauch freigegeben ist, zu. Als Grundlage des Sondereigenthums, das erst nach dem Aufhören der ursprünglichen Gemeinschaft der Güter entstand, wird sowohl das Naturrecht als die Uebereinstimmung aller Völker angeführt; die Ausübung der Eigenthumsrechte beruht auf der Anerkennung der bürgerlichen Gesellschaft unter Vorbehalt der Berechtigung zur Expropriation.

Diese beiden Abhandlungen waren noch während der Dauer der in Brünn eingesetzten Commission redigirt worden, und wurden nach Auflösung dieser Commission nur mehr einer kurzen Revision durch die Compilatoren, welche nach Wien übersiedelten, unterzogen.

Um so mehr Zeit nahm die Ausarbeitung der das Erbrecht betreffenden Abhandlungen in Anspruch. Dieselben wurden schon, während die Commission in Brünn tagte, in Angriff genommen, und man beschäftigte sich damals namentlich mit der Ausarbeitung eines allgemeinen Theiles, welcher abweichend von der im Generalplane enthaltenen Anordnung des Stoffes den Bestimmungen über die testamentarische und die gesetzliche Erbfolge vorangehen sollte. Es liegen hierüber zwei Entwürfe Azzoni's vor, welche von den Erbschaften und dem Erben überhaupt handeln. Man findet darin den Gedanken ausgeführt, dass die Rechte des Erblassers auf den Erben, ohne der Entstehung einer Lücke Raum zu geben, übergehen sollen, und dass die Gesetzgebung dafür zu sorgen habe, dass der Rechtsnachfolger nicht ungewiss sei. Die positive Gesetzgebung erscheint als die alleinige Grundlage der Erbfolge; die Gestattung der testamentarischen Erbfolge wird aus dem Eigenthumsrechte des Erblassers und aus der natürlichen Billigkeit abgeleitet, die Zulassung der gesetzlichen Erbfolge auf den vermutheten Willen des Erblassers zurückgeführt. Diese Entwürfe enthalten ausserdem noch Grundsätze über das Verhältniss des Erben zu dritten Personen, und darunter die Anordnung, dass kein Erbe sich eigenmächtig in den Besitz des Nachlasses setzen und vor Rechtfertigung seines Erbrechtes mit den Nachlassgegenständen verfügen dürfe.

Als die Compilatoren zu Ende des Jahres 1858 sich wieder mit dem Erbrechte zu beschäftigen begannen, glaubten sie sich ihre Arbeit dadurch zu erleichtern, dass sie im Gegensatze zu der in Brünn angenommenen Aufeinanderfolge der Arbeiten, welche sie vom Allgemeinen zum Besonderen führen sollte, nunmehr zuerst den besonderen Theil in Angriff zu nehmen beschlossen. Nach der von ihnen angenommenen Eintheilung sollte das Erbrecht in drei Abhandlungen erledigt werden, von denen die eine der testamentarischen Erbfolge, die zweite der gesetzlichen Erbfolge und die dritte den beiden Arten der Erbfolge gemeinschaftlichen Bestimmungen gewidmet wurde.

Der enge Zusammenhang aller das Erbrecht betreffenden Normen liess es bald als unzweckmässig erkennen, die Commission früher zu Berathungen zusammentreten zu lassen, ehe ihr das vollständige Operat der Compilatoren vorliegen würde. Das Unterbleiben der Sitzungen der Compilationscommission, welche man sich schon als ein ständig wirkendes Organ anzusehen gewöhnt hatte, rief anderseits drängende Massregeln hervor und man suchte namentlich durch das Abfordern periodischer Rechenschaftsberichte einen beschleunigenden Einfluss zu üben. Die Ungeduld, mit welcher man die Beendigung des Erbrechtes erwartete, wird erklärlich, wenn man erwägt, dass man gerade auf dem Gebiete des Erbrechtes den Mangel eines „gewissen" Rechtes am lebhaftesten beklagte. Namentlich die niederösterreichischen Stände, welche es unter Karl VI. erwirkt hatten, dass man aus dem Entwurfe der Landesordnung den die gesetzliche Erbfolge behandelnden Theil ausschied und zum Gesetze erhob, waren es, welche auf die gesetzliche Regelung der testamentarischen Erbfolge drängten. Die Unsicherheit des Erbrechtes, die Vielfältigkeit der Rechtsstreite, welche aus dem Rechtsübergange von Todeswegen entstehen, wurde in jener Zeit mit lebhaften Farben in vielen Denkschriften geschildert und um Abhilfe gebeten. Diesen Verhältnissen wird man es zuzuschreiben haben, dass schon bei Beginn des Jahres 1759

der Gedanke auftauchte, das von der Commission auszu-
arbeitende Erbrecht noch vor Beendigung des ganzen
codex theresianus, als Gesetz einzuführen.

Die vielfältigen an die Compilatoren ergangenen Mahn-
ungen verfehlten nicht die Wirkung, dass diese mit einem
staunenswerthen Aufwand an Fleiss arbeiteten. Ihre umfangreichen, schwer zu bewältigenden Entwürfe, Denkschriften und Protocolle, — welche nur zu einem geringen
Theile erhalten sind, — geben Zeugniss hievon. Die
Fülle des Stoffes übte aber bei der geringen Fähigkeit,
allgemeine Regeln zu abstrahiren, und bei der ängst-
lichen Sucht, für alle möglichen Fälle Vorsorge zu treffen,
einen erdrückenden Einfluss.

Dem allseitigen Drängen nachgebend brachten die
Compilatoren Bruchstücke ihrer Arbeit von der Errichtung
von Testamenten und von der Erbseinsetzung zur Berathung, welche die erste Hälfte des Jahres 1759 ausfüllte.

Bemerkenswerth ist das hiebei an den Tag tretende
Streben, die Testirungsfähigkeit zu erweitern und die
Aufrechthaltung letzter Willenserklärungen durch Vermin-
derung der Förmlichkeiten zu fördern.

Man bekämpfte namentlich die Testirungsunfähigkeit,
welche die Compilatoren als eine Folge einer jeden Verurtheilung wegen eines Verbrechens ausgesprochen wissen
wollten, und beschränkte sie schliesslich auf die Fälle
einer Verurtheilung zum Tode, und auch dann sollten Verfügungen, welche fromme Stiftungen enthalten und nicht
mehr als ein Viertel des Vermögens in Anspruch nehmen,
in Geltung bleiben. Die Zulassung von minder feierlichen
Testamenten — Hauptgeschäfte genannt — bezweckte
eine sehr wesentliche Vereinfachung, da die Zuziehung
von zwei Zeugen zur Giltigkeit der letzten Willenserklärung genügen sollte, während zu einem feierlichen Haupt-

geschäfte fünf Zeugen erfordert wurden. Das minder feier-
liche Testament wurde zugleich für sehr grosse Kategorien
von Fällen anwendbar erklärt, z. B. für alle Testamente
des Landvolkes, für Testamente zu Gunsten von gesetzlichen Erben, frommen Stiftungen. Der Einfluss der
ständischen Gliederung macht sich darin fühlbar, dass
die Zuziehung von drei Zeugen zu einem feierlichen
Hauptgeschäfte, das nach der Regel fünf Zeugen erfordert,
für ausreichend erklärt wird, wenn die zugezogenen Zeugen dem Herren- oder Ritterstande angehören.

Andere Bestimmungen sind dadurch characteristisch,
weil sie zeigen, bis zu welchem Grade diejenigen, welche
die Einführung eines sichern Rechtes anstrebten, genöthigt
waren, dem subjectiven Ermessen, der Würdigung con-
creter Umstände Raum zu geben. Dahin gehören das
Verbot, so viele Erben einzusetzen, dass eine Vertheilung
des Nachlasses unthunlich werde; ferner die Bestimmung,
dass jene Bedingungen ungiltig seien, „zu deren Beifügung
„der Erblasser keine billige Ursache haben kann, oder die
„dem gemeinen Wohl, Nutzen, Zierde des Geschlechtes,
„Ehrbarkeit, Wohlstand, Erhaltung des Vermögens und
„guter Wirthschaft zuwider, — ganz gleichgiltig — ohne
„alle nutz- oder ehrbare Absicht in blossem Eigensinn
„gegründet sind."

Den grössten Schwierigkeiten begegnete die Commission aber erst dann, als sie zur Berathung des Abschnittes
über den Pflichttheil schritt. Einstimmig schien man der
Ansicht gewesen zu sein, dass die für den Herren- und
Ritterstand geltenden Sonderbestimmungen, nach denen
die Töchter nur einen standesmässigen Unterhalt und die
Bestellung eines Heirathsgutes fordern konnten, zu Gunsten
der Töchter zu ändern seien. Die gleiche Einstimmigkeit
herrschte aber auch in der Richtung, dass die Söhne zum

Zwecke der Erhaltung der Geschlechter bevorzugt werden
müssen. Aus dem Bestreben, diesen zwei ganz entgegengesetzten Richtungen gerecht zu werden, entsprangen die
mannigfaltigsten Vorschläge.

Nach dem ersten Entwurfe Azzoni's sollten die Töchter
eine Abfertigung, für welche eine Minimalgrenze festgesetzt
wurde — 6000 fl. beim Herrenstand, 3000 fl. beim Ritterstand — erhalten. Darin fand man aber eine Begünstig-
ung von sehr zweifelhaftem Werthe und suchte den Töchtern einen Anspruch auf eine Quote am Nachlass, welche
von Einigen mit $1/4$, von Anderen mit $1/6$ oder mit $1/8$ bemessen wurde, einzuräumen. Besondere Combinationen
wurden dann noch angewendet, um zu verhindern, dass
nicht ein Sohn, wenn sehr viele Söhne mit Einer Tochter
concurriren, weniger als eine Tochter erhalte, und dass
anderseits die den Töchtern bestimmte Quote zur Bestreit-
ung des Lebensunterhaltes unzureichend sei. Diese Frage,
welche die Commission in der ersten Hälfte des Jahres 1760
beschäftigte, wurde in diesem Stadium der Berathungen
nicht zum Abschlusse gebracht. Unentschieden blieb auch
eine andere Frage, welche durch viele Jahre einen Gegenstand der Verhandlungen bei den Centralstellen bildete,
und welche durch die Arbeit der Compilatoren neuerlich
in Fluss gebracht worden war. Es handelte sich um die
Pflichttheilsberechtigung und um die Erbberechtigung der
Geistlichen; die Compilationscommission, welche zunächst
den Regularclerus vor Augen hatte, sprach sich gegen dieselbe aus, da der Grund dieser Berechtigung, nämlich die
Fürsorge für die Erhaltung, wegfalle, und es im öffentlichen Interesse liege, den Erwerb der todten Hand zu
beschränken. Die desshalb an die Kaiserin gerichtete An-
frage, welche sich an die früheren Verhandlungen beim
Directorium, — das sich gegen und in der Ministercon-

ferenz, die sich für die Erbfähigkeit entschieden hatte, —
anschloss, kam unresolvirt zurück, und die Commission
beschloss, die Sache auf sich beruhen zu lassen.
Die Abhandlung vom Pflichttheil gab noch zu mehreren erwähnenswerthen Anträgen Anlass. Die Pflichttheilsberechtigung der Ascendenten wurde auf eine Pflicht
zur Erhaltung aus Dankbarkeit begründet; da diese aber
nicht bis zu einer Bereicherung zu gehen habe, so wurde
der Anspruch auf ein Drittel beschränkt und ausserdem
von Azzoni die Bestimmung vorgeschlagen, dass den Eltern,
wenn sie mit den Geschwistern des Erblassers zusammentreffen, nur der Fruchtgenuss, den Letztern aber das
Eigenthum an der Pflichttheilsquote zukommen solle. Diese
Bestimmung wurde aber von der Commission abgelehnt,
und der weitere Vorschlag Azzoni's, den Geschwistern und
Geschwisterkindern einen Pflichttheil einzuräumen, nur für
den Fall angenommen, dass eine unehrenhafte Person zum
Erben eingesetzt würde.

Zu den Schwierigkeiten, welche das Zustandekommen
des Gesetzwerkes so lange Zeit hindurch verzögerten,
gesellte sich auch noch der Umstand, dass Azzoni, auf
dem die Hauptlast der Aufgabe ruhte, unter derselben zu
erlahmen begann. Aus einem Berichte des Grafen Althann,
welcher bei Beginn des Jahres 1760 das Präsidium der
Compilationscommission statt des Freiherrn von Buol übernahm, ist zu entnehmen, dass Azzoni nicht bloss von
Kränklichkeit, sondern auch von Missmuth befallen wurde.
Die an ihn gestellten Anforderungen waren in der That
sehr gross. Ausser der Ausarbeitung des codex theresianus lag ihm die Betheiligung an den Berathungen über
die gleichzeitig in Angriff genommene Compilation der
österreichischen und böhmischen Strafgesetzgebung ob, und
überdiess hatte er die laufenden Geschäfte als Hofrath bei

der obersten Justizstelle zu erledigen. Die Besorgung
dieser Geschäfte scheint er namentlich für unerlässlich gehalten zu haben, um sich auf seinem Posten zu erhalten.
Das langsame Vorwärtsschreiten des Werkes, das er mit
voller Kraft in einer hervorragenden und ehrenvollen Stellung begann, die sich durch eine lange Reihe von Jahren
hinziehenden aufreibenden Debatten, und endlich auch der
fortgesetzte Kampf mit wie es scheint, unsichtbaren Geg-
nern mussten ihn niederdrücken. Hiezu kamen Nahrungs-
sorgen. Er hatte eine einträgliche Stellung in Prag aufgegeben, um sich der ihm übertragenen legislativen Aufgabe widmen zu können. Die Taggelder, die er während
seines Aufenthaltes in Brünn bezog, scheinen einen sehr
unvollkommenen Ersatz für die Einbusse gebildet zu haben,
die er an seinem Einkommen erlitt. Nach seiner Ueber-
siedlung nach Wien fielen die Taggelder weg; als einer
der jüngsten Hofräthe bezog er nur einen Gehalt von
2500 fl. und sollte davon die Kanzleiauslagen für die
Codificationsarbeiten bestreiten. Diese waren aber bedeu-
tend, da die sehr umfangreichen Entwürfe für alle Com-
missionsmitglieder copirt werden mussten. Unter diesen
Umständen musste er sein Vermögen aufzehren und in
wirthschaftliche Unordnung gerathen. Es bedurfte wiederholter sehr demüthiger Bitten von seiner Seite und der
sehr nachdrücklichen Verwendung des Freiherrn von Buol,
ehe ihm eine Erhöhung seines Gehaltes auf 5000 fl. zu
Theil wurde.

c. Arbeiten während der Zeit, als Zenker das
Referat führte.

Die zunehmende Kränklichkeit Azzoni's veranlasste,
dass man eine neue Kraft zur Ausarbeitung des Gesetzwerkes heranzuziehen beschloss. Die Wahl fiel auf den

Hofrath Zenker, welcher ein Mitglied der Compilationscommission war, als solches bei der Revision des
ersten Theiles das Referat über die Abhandlung von der
Vormundschaft, geführt hatte, und schon damals von dem
Präsidenten der Commission als besonders tüchtig bezeichnet worden war. Da man dem noch thätigen Azzoni nicht
die Arbeit entziehen wollte, mit welcher er sich beschäftigte, so wurde Zenker im November des Jahres 1760 mit
der Ausarbeitung des dritten Theiles beauftragt. Dieser
Auftrag wurde nach dem bald darauf erfolgten Tode
Azzoni's im Jahre 1761 auf die Ausarbeitung des zweiten
Theiles und auf die Umarbeitung des ersten Theiles aus-
gedehnt. Gleichzeitig wurde Holger, der Mitarbeiter Azzoni's, beauftragt, sich ausschiesslich den Arbeiten bei der
Criminalcommission zu widmen.

Zenker beschäftigte sich dem ihm ertheilten Auftrage
gemäss zunächst mit Ausarbeitung des dritten Theiles, es
mussten daher die durch Azzoni's Tod unterbrochenen
Berathungen über den zweiten Theil inzwischen ruhen.
Da nun längere Zeit verstrich, ohne dass die Commission
Resultate ihrer Thätigkeit aufweisen konnte, so erliess die
Kaiserin eine sehr ernste Mahnung. Bitter beklagt sie
sich in der Entschliessung, welche sie eigenhändig auf
einen Vortrag vom 10. November 1762 niederschrieb,
darüber, dass der Präsident und die Räthe der Commission
ihr so oft die Versicherung gegeben haben, dass das
ganze Werk in vier Jahren beendet sein würde, während
nun bereits eine doppelt so lange Frist verstrichen sei,
ohne dass man sich dem Ziele merklich genähert habe.
Es wird nun aufgetragen, dass Zenker sich ausschliesslich
mit der Ausarbeitung des codex theresianus beschäftigen
solle, und nicht einmal die Sitzungen der obersten Justizstelle besuchen dürfe; ausserdem wurde ein wöchentlicher

Bericht Zenker's über den Stand seiner Arbeiten ab-
verlangt.

Aus diesen Berichten, welche Zenker in der That bis
zur Vollendung des ganzen Werkes erstattete, geht hervor,
dass er vor Ausarbeitung des Textes die Grundzüge eines
jeden Hauptstückes entwarf, diesen Entwurf mit den
Hofräthen und Mitgliedern der Compilationscommission Cetto
und Mühlendorf besprach, und erst den fertigen Text zur
Berathung in die Commission brachte.

Ohne erheblichen Zwischenfall wurden die Arbeiten der
Commission fortgesetzt, bis gegen Ende des Jahres 1766 der
ganze codex theresianus vollendet und sammt dem Entwurfe
eines Kundmachungspatentes der Kaiserin übergeben worden
war. Bemerkenswerth scheint es, dass zuerst der dritte,
dann der zweite Theil und endlich der erste Theil bearbeitet wurde. Die Umarbeitung des ersten Theiles, welche
schon zur Zeit Azzoni's beschlossen worden war, hatte
wesentlich nur den Zweck der Abkürzung des Textes. Sie
scheint gleichwohl längere Zeit in Anspruch genommen zu
haben, und nach dem Materiale zu schliessen, welches der
Commission mitgetheilt worden ist, scheint man die Absicht gehabt zu haben, namentlich das Hauptstück von der
Vormundschaft einer eingehenden Erörterung zu unterziehen. Die oberste Justizstelle hat nämlich gegen Ende
des Jahres 1765 Gutachten und Entwürfe über das Pu-
pillenwesen, welche den Behörden in Böhmen, Mähren,
Schlesien, Ober-, Vorder- und Innerösterreich abgefordert
worden waren, an die Commission zur Benützung bei ihren
Arbeiten geleitet.

Von den Materialien, aus denen man den Gang der
Berathungen entnehmen könnte, ist fast gar nichts erhalten; ausser dem Texte steht nur das Referat Zenker's,
welches eine Art Motivenbericht bildet, zur Verfügung.

Es scheint jedoch, dass an der Arbeit Zenker's durch die Commissionsberathungen nicht sehr viele Aenderungen vorgenommen wurden. Den Ansichten des Referenten wurde damals ein sehr grosser Einfluss eingeräumt; wie weit dieser ging, lässt sich aus folgendem Umstande entnehmen. Dieselben Commissionsglieder, welche zur Zeit Azzoni's den übertriebensten Purismus in der Sprache, welcher jedes aus einer nicht deutschen Wurzel gebildete Wort perhorrescirte, ohne Widerspruch dagegen zu erheben, walten liessen, beschlossen, nachdem Zenker an die Stelle Azzoni's getreten war, einhellig, die üblichen Fremdworte zu gebrauchen, und namentlich zur Erhöhung der Deutlichkeit die deutschen Rubriken durch lateinische zu ersetzen. Eine ähnliche Wandlung vollzog sich hinsichtlich der Auffassung des römischen Rechtes, auf das sich Zenker in seinem Referate sehr häufig stützt, und das nach dem Entwurfe des Kundmachungspatentes als Subsidiarrecht in Geltung bleiben sollte; denn demselben sowie den Landesrechten wurde nur in so weit derogirt, als in dem codex theresianus etwas von dem bestehenden Rechte Abweichendes angeordnet wird.

Das Kundmachungspatent ist in mehrfacher Beziehung von Interesse, zunächst als Ausdruck der Auffassung der Aufgaben der gesetzgebenden Gewalt. Man liess die Kaiserin mit Berufung auf die bei ihr allein ruhende gesetzgebende Gewalt sich hierüber in folgender Weise aussprechen. Es gehöre zu den vorzüglichsten Regierungssorgen, gegen Gebrechen der Rechtspflege Abhilfe zu finden. Sie habe sich daher bemüht, durch die bei verschiedenen Anlässen ergangenen Verordnungen Missbräuche abzustellen, Dunkelheiten aufzuklären, Zweifel zu entscheiden, Lücken auszufüllen, und dabei eine Gleichheit der Gesetzgebung herzustellen oder zu erhalten. Das Uebel

konnte jedoch wegen der Unvollständigkeit, Dunkelheit
und Verschiedenheit der Landesrechte, die dem Verkehre
grosse Hindernisse bereiten, nicht von Grund aus behoben
werden. Diese Uebelstände standen aber auch dem Bestreben entgegen, die unter der gleichen Botmässigkeit
vereinten Lande mit einander enger zu verbinden. Aus
der Erwägung dieser Verhältnisse entsprang nun der Entschluss, ein gewisses und gleichförmiges Recht einzuführen, und demgemäss ein klares, deutliches, verlässliches,
immerwährendes und alle Lande gleich verbindendes Recht
verfassen zu lassen. Von diesem Entschlusse habe sich
die Kaiserin weder durch die Misserfolge der Vorfahren
noch durch die grossen Schwierigkeiten der Sache abbringen lassen, da sie von dem Nutzen, der daraus für die
Unterthanen entspringen soll, überzeugt sei.

In dem Kundmachungspatente, das die Wirksamkeit
des Gesetzes auf ein Jahr nach der Kundmachung hinausgeschoben wissen wollte, wird ferner der Entschluss ausgesprochen, die Gerichtsordnung, welche ursprünglich den
vierten Theil des codex theresianus hätte bilden sollen,
nicht mehr als integrirenden Bestandtheil desselben zu
behandeln.

Erwähnenswerth ist noch der Umstand, dass bei Er-
wähnung der Einsetzung der Compilationscommission nur
der letzten Thätigkeit derselben gedacht wird, und der
Bestand derselben zu der Zeit, als Azzoni das Referat
führte, gänzlich ignorirt bleibt. Dieser Zug wiederholt
sich später in jedem Stadium der Codificationsarbeiten;
jeder der verschiedenen Gesetzentwürfe, die im Verlaufe
der Zeit zu Stande kamen, stellt sich als eine ursprüngliche Arbeit dar und lässt die Quelle, aus der er entsprang, unberücksichtigt.

Die äussere Form des Zenker'schen Entwurfes weicht

7*

von der Form der Azzoni'schen Entwürfe etwas ab. Jeder
Theil zerfällt in Hauptstücke, diese in Paragraphe, welche
die Stelle der Abschnitte vertreten, mehrere Hauptstücke
sind überdiess in Artikel eingetheilt, von denen jeder
mehrere Paragraphe umfasst; die Paragraphe zerfallen in
Absätze. Die Numerirung der Paragraphe und der Absätze ist für jedes Hauptstück eine fortlaufende, und fängt
mit jedem Hauptstücke neu an.

Die systematische Eintheilung weicht, soweit es den
ersten Theil betrifft, nur unbedeutend von der letzten unter
Azzoni's Referat beendeter Redaction ab; die wichtigste
Aenderung besteht in der Ausscheidung der von den Unterthanen und von den Grundunterthanen handelnden Hauptstücke, deren Inhalt fortan von dem Gebiete des Civilrechtes ausgeschieden blieb. Hinsichtlich des zweiten Theiles lagen für Zenker verhältnissmässig wenig Vorarbeiten
aus der Zeit seines Vorgängers vor, an die er sich hätte
halten können. Die systematische Eintheilung kann daher
nur mit der in dem ursprünglichen Generalplane enthaltenen Anordnung des Stoffes verglichen werden.

Zwischen den Hauptstücken, welche von den Sachen
und vom Eigenthume handeln, erscheint ein neues Hauptstück „von den dinglichen Rechten überhaupt" eingeschaltet. Das Eigenthumsrecht, welchem nach dem Generalplane nur Eine Abhandlung gewidmet werden sollte, wird
in sieben Hauptstücken behandelt, in deren Reihe die
Hauptstücke über Schenkungen, — die im Generalplane
nach dem Erbrechte eingereiht wurden —, und über Verjährungen — die den Schluss des zweiten Theiles bilden
sollten — aufgenommen wurden.

Diese sieben Hauptstücke führen die Titel von dem
Eigenthume — von den Erwerbungsarten des Eigenthums
und insbesondere von der Ergreifung — vom Zugang oder

Zuwachs — von willkürlicher Uebertragung des Eigenthums und insonderheit von Uebergabe eines Dinges — von Schenkungen unter Lebenden und auf den Todesfall — von Uebertragung des Eigenthums aus Macht Rechtens — von Verjährungen.

Die Einreihung der Bestimmungen über Schenkungen an dieser Stelle erscheint dadurch motivirt, dass die Schenkung als eine Abart der Erwerbungsart durch willkürliche Uebertragung neben der Tradition aufgefasst wird. In ähnlicher Weise wird der Platz für die Verjährung bestimmt, da sie eine Art der Uebertragung des Eigenthums aus der Macht Rechtens neben der Erwerbung durch grundbücherliche Intabulation, — durch richterlichen Spruch — und durch rechtmässige Erwerbung mit gutem Glauben — bilde.

Die Stoffeintheilung der meisten dieser Hauptstücke, namentlich jener über die Occupation und über den Zuwachs ist dieselbe, wie sie in unserem a. b. Gesetzbuche vorkömmt; alle späteren Entwürfe hatten nur die Aufgabe, den Text zu kürzen. Erwähnenswerth ist, dass der Antheil des Staates an einem gefundenen Schatze zuerst über Anregung Holger's noch zur Zeit Azzoni's festgesetzt worden war, indem man sich auf das Heimfallsrecht des Staates an einem erblosen Gute berief.

Die Bestimmungen über Schenkungen schreiben die gerichtliche Anzeige für alle Schenkungen von Immobilien und von Mobilien, wenn diese mehr als 500 fl. werth sind, als zur Giltigkeit der Schenkung wesentlich vor. Die gerichtliche Anzeige wird auch für Schenkungen auf den Todesfall angeordnet, und hat die Wirkung, dass die Schenkung bis zur gerichtlichen Anzeige widerrufen werden kann, und als widerrufen gilt, wenn sie nicht ausdrücklich im Testamente bestätigt wird. Die Schenkung des ganzen

Vermögens wird nicht zugelassen, da darin ein Act der
Verschwendung, nicht aber der Freigebigkeit liege; ausserdem ist aus dem Referate Zenker's zu entnehmen, dass
diese Massregel gegen die Bereicherung geistlicher Körper-
schaften gerichtet war.

Von besonderem Interesse ist die Richtung, welche
sich in der Behandlung der Erwerbungsarten aus Macht
Rechtens ausprägt, und die dahin geht, das Recht des
Einzelnen der Rücksicht auf die allgemeine Rechtssicherheit unterzuordnen. Mit Berufung auf das Obereigenthums-
recht des Staates wird namentlich gefordert, dass der in
der Nichtberechtigung des Vormannes liegende Mangel der
Tradition im Interesse der allgemeinen Rechtssicherheit
durch das Gesetz behoben werden müsse. Es soll demnach ein rechtskräftiger Titel und der gute Glaube zur
Erwerbung des Eigenthums ohne Rücksicht auf die Berechtigung des Vormannes ausreichen.

Aus der gleichen Rücksicht auf die Sicherheit des
Verkehres wird die Anordnung abgeleitet, dass man unbe-
wegliche Güter nur durch die Eintragung in die öffentlichen Bücher erwerben könne, und dass eine Ersitzung
gegen den Inhalt des öffentlichen Buches nicht zugelassen werde.

Die Rücksicht auf die Sicherheit des Verkehres bildet
auch die Grundlage für die Zulassung der Eigenthums-
erwerbung durch Verjährung; denn Niemand könnte sich
in seinem Eigenthume sicher fühlen, wenn nicht eine bestimmte Zeit festgesetzt würde, nach deren Verlauf das
Eigenthum jeder Anfechtung entrückt sei. Das Hauptstück
von der Verjährung behandelt die Ersitzung und die Verjährung, beide Begriffe unter der letzteren Bezeichnung
zusammenfassend. Erwähnenswerth ist die Zulassung einer
Unterbrechung der Verjährung durch Eintragung einer Pro-

testation im eigentlichen Buche, welche gleich einer Vor-
merkung gerechtfertigt werden sollte.

In der Behandlung des Erbrechtes folgt der Zenker-
sche Entwurf dem ursprünglich von Azzoni betretenen
Wege, indem er ein allgemeines von der Erbfolge han-
delndes Hauptstück voranstellt, das aber nur zum Zwecke
hat, eine Uebersicht über die Vertheilung des ganzen
Stoffes zu geben. Das hiezu geschriebene Referat gibt
Zenker Gelegenheit, sich dem römischen Rechte gegenüber
mit Berufung auf die bestehenden Landesrechte dafür auszusprechen, dass der Erbe durch den Erbanfall allein
Eigenthum und Besitz an den Nachlassgegenständen erwerbe. Ausserdem wird dem Erbrechte die Eigenschaft
eines dinglichen Rechtes mit dem Beifügen bestritten, die
Eigenschaft des Nachlasses als einer Gesammtsache mache
es nicht nöthig, Abweichungen von den allgemeinen Rechts-
begriffen aufzunehmen.

Die zur Zeit Azzoni's beschlossene Eintheilung des
Stoffes wurde auch insoweit nachgeahmt, dass die Bestimmungen, welche bei jeder Art der Erbfolge Anwendung finden sollten, in drei besonderen Hauptstücken —
von Antretung der Erbschaft — von Theilung der Erbschaft — und von Einbringung vorausempfangenen Gutes
— nach dem Hauptstücke von der rechtlichen Erbfolge
eingereiht wurden.

In Ansehung der Behandlung der testamentarischen
Erbfolge sind im Vergleiche mit dem Generalplane folgende
Aenderungen getroffen worden. Die Bestimmungen über
den Pflichttheil werden in zwei besonderen Hauptstücken
— von dem Pflichttheile und von der Enterbung nothwen-
diger Erben — behandelt; dieselben sind zwischen den
Hauptstücken von der Aftererbseinsetzung und von den
Vermächtnissen eingereiht. An die Stelle der Abhandlung

— von Erhebung eines letzten Willens und Darnachverhalt-
ung — sind die drei Hauptstücke von Eröffnung, Kundmachung und Vollziehung des letzten Willens — von Ungiltigkeit und Entkräftung des letzten Willens — von denen,
die sich einer Erbschaft oder Vermächtniss verlustig und
unwürdig machen — getreten; dagegen erscheint an der
Stelle der Abhandlung von Erb- oder Nachfolge durch
Vergleichung oder Gemeinschaft der Güter kein demselben
Inhalte gewidmetes Hauptstück.

Das Erbrecht ist dasjenige Rechtsgebiet, auf welchem
die grössten Verschiedenheiten unter den bestehenden
Landesrechten bestanden, und auf welchem unificirende
Bestrebungen am tiefsten eingreifen mussten. Zenker
schritt hinsichtlich der vorzunehmenden Reformen auf der
durch die Vorarbeiten Azzoni's betretenen Bahn fort, und
schloss sich an diese Vorarbeiten an. Die in den letzteren
gemachte Unterscheidung zwischen feierlichen und minderfeierlichen Testamenten wurde beibehalten; die Anwendung
derselben jedoch dadurch wesentlich geändert, dass die
Zulassung eines minderfeierlichen Testamentes in den
früher wegen der Person des Erben begünstigten Fällen
abgelehnt, dagegen für ein am Lande errichtetes feierliches
Testament nur die Zuziehung von zwei Zeugen verlangt
wird. Für die Errichtung eines Codicilles wurden weniger
Förmlichkeiten, als für die Errichtung eines Testamentes
vorgeschrieben. Diese Verschiedenheit der Förmlichkeiten
musste die Frage entstehen lassen, ob die in einem Testamente enthaltenen Anordnungen als Vermächtnisse bestehen
können, wenn den Anordnungen über Errichtung von Codicillen, nicht aber jenen über Errichtung von Testamenten
entsprochen wurde. Diese Frage wurde dahin entschieden,
dass die Giltigkeit dieser Anordnungen von dem Beisatze
der Codicillarclausel abhängig sei.

Der Einfluss ständischer Unterschiede, welchem hinsichtlich der Zeugnissfähigkeit bei Testamenten in Uebereinstimmung mit dem Azzoni'schen Entwurfe Raum gegeben wurde, zeigte sich auch in dem Hauptstücke von der Einsetzung eines nachberufenen Erben. Es sollte nämlich ein den höheren Ständen angehöriger Vater, wenn er seinem unmündigen Kinde einen Erben substituiren will, hiezu nur einen Agnaten wählen können. Am meisten trat aber der Einfluss der ständischen Verschiedenheit in den Bestimmungen über das gesetzliche Erbrecht und den Pflichttheil der Töchter höherer Stände hervor. An dem zu Azzoni's Zeit gemachten Fortschritte, dass die Töchter einen Anspruch auf eine Quote des Nachlasses haben, und nicht mit einem unbestimmten Betrage abgefertigt werden sollen, wurde festgehalten. Diese Quote wurde mit einem Viertheil bestimmt; wenn aber die Zahl der Söhne mehr als das Doppelte der Zahl der Töchter betragen würde, so sollten die Söhne und Töchter nach Köpfen theilen.

Das Hauptstück von der Enterbung nothwendiger Erben enthält eine Bestimmung, welche sich viel länger erhalten hat, als die Grundlage, auf welche sie damals gestützt wurde. Es werden nämlich Apostasie und Ketzerei insoweit als Enterbungsgründe anerkannt, als der Uebertritt zu einer Religion erfolgt, welche nach den Landesgesetzen erbunfähig macht.

Das Hauptstück von Vermächtnissen enthält eine Bestimmung, durch welche eine zwischen den österreichischen und böhmischen Ländern bestehende Rechtsverschiedenheit ausgeglichen werden sollte. Dieselbe besteht in der Einführung der falcidischen Quart, welche der Erbe in Oesterreich, nicht aber in Böhmen abzuziehen befugt war. Die Generalisirung dieses dem Erben eingeräumten Befugnisses wird damit gerechtfertigt, dass darin ein Mittel liege, um

den Erben zum Antreten der Verlassenschaft zu bestimmen. Bemerkenswerth sind die Ausführungen Zenker's
darüber, dass den Legataren keine stillschweigende Ge-
neralhypothek, welche auf allen Rechtsgebieten abgeschafft
wurde, zukommen könne; statt dessen wird den Legataren
für den Fall der Gefährdung ein gesetzlicher Titel zur
Erlangung eines Specialpfandes eingeräumt.

Trotz der Aufnahme besonderer Hauptstücke, welche
die gemeinschaftlichen Bestimmungen für beide Arten der
Erbfolge enthalten und sich namentlich auf die Regulirung
der Verlassenschaft beziehen, wurden doch nach dem Beispiele früherer Gesetze und Entwürfe in die der testamentarischen Erbfolge gewidmeten Hauptstücken viele Bestimmungen über das Verfahren bei Verlassenschaftsab-
handlungen aufgenommen. In demselben wird der amt-
lichen Ingerenz sowohl in Beziehung auf die Ermittlung
des Erben als hinsichtlich der Erfüllung des letzten Willens ein sehr weiter Spielraum eingeräumt. Diess zeigt
sich in der Sorge für die Auffindung und Publication der
Testamente, Verständigung der Erben, Bestellung eines
Curators, welcher die Aufgabe eines Testamentsexecutors
— falls ein solcher nicht vom Erblasser eingesetzt wurde
— zu erfüllen hat. Man fand hiebei auch Anlass, eine
auf den Standesunterschied gegründete Rechtsverschiedenheit zu beseitigen. In Böhmen war eine Confirmation der
Testamente zu erwirken, diese konnte aber nicht vor Ablauf einer bestimmten Frist ausgesprochen werden, die für
die höheren Stände mit drei Jahren sechs Wochen, für die
niederen Stände aber kürzer bemessen war. Statt dessen
wurde vorgeschlagen, dass der Nachlass nicht vor Ablauf
von sechs Wochen an den Erben — durch eine im ein-
undzwanzigsten Hauptstücke enthaltene Bestimmung erscheinen die grossjährigen Kinder des Erblassers von dieser

Beschränkung ausgenommen — ausgefolgt werden dürfe,
und dass alle später, jedoch innerhalb der Verjährungszeit
von drei Jahren und sechs Wochen erhobenen Ansprüche
auf den Rechtsweg verwiesen werden sollen. Unter den
die Ungiltigkeit einer letzten Willenserklärung betreffenden
Bestimmungen ist zu erwähnen, dass der Verlust der
Testirungsfähigkeit ein vor dem Eintritte dieses Verlustes
errichtetes Testament entkräften sollte. Die in Folge der
Verurtheilung wegen eines Verbrechens eintretende Testirungsunfähigkeit wurde auch auf Selbstmörder angewendet,
die sich im Bewusstsein einer Schuld das Leben nahmen.

Den mehrfachen im codex theresianus enthaltenen
Bestimmungen, welche eine Einziehung zu Gunsten des
Fiscus anordnen, muss die Aufhebung der Massregel gegenüber gestellt werden, nach welcher früher das einem Erb-
unwürdigen Angefallene dem Fiscus heimfiel.

Die belangreichsten Reformen wurden hinsichtlich der
gesetzlichen Erbfolge vorgeschlagen. Der Unterschied
zwischen beweglichem und unbeweglichem Vermögen sollte
auf die Erbfolge keinen Einfluss mehr üben. Nicht so
entschieden war man bei Beseitigung des Einflusses, der
dem Unterschiede des Geschlechtes eingeräumt war. Ausser
der schon früher erwähnten Bevorzugung der Söhne vor
den Töchtern erhielt sich noch das den Agnaten im
Falle des Zusammentreffens mit Cognaten eingeräumte
Einlösungsrecht, ferner die Bestimmung, dass die weibliche
Descendenz nicht nach Stämmen, sondern nach Köpfen zu
theilen habe. Von grosser Wichtigkeit ist auch die Mil-
derung der Anordnung des böhmischen Rechtes, welche
die legitimirten Kinder von der Erbfolge ausschloss; nur
im Falle der Legitimation durch die Gnade des Landesfürsten sollte die Erbberechtigung der legitimirten Kinder,
wenn sie mit ehelichen Kindern zusammentreffen, nicht

weiter reichen, als ihnen im Legitimationsacte zügesichert
wurde.

Eine Verbesserung der rechtlichen Stellung der unehelichen Kinder trat auch in der Richtung ein, dass gestattet wurde, ihnen einen Theil des Nachlasses zuzuwenden, welcher aber ein Sechstel und wenn eheliche
Kinder vorhanden sind, ein Zwölftel nicht übersteigen
sollte.

Dem überlebenden Ehegatten wurde nicht bloss der
Fruchtgenuss, sondern das Eigenthum an einer Quote des
Nachlasses als Erbtheil für den Fall zuerkannt, dass der
überlebende Gatte mit Kindern in der Erbfolge concurrirt.
Es geschah diess, wie es scheint, aus dem Grunde, um
den Schwierigkeiten einer neuen Vertheilung der durch
Wegfall des Fruchtgenussrechtes frei werdenden Masse zu
entgehen.

Die Hauptstücke, welche den für beide Arten der Erbfolge gemeinschaftlichen Bestimmungen gewidmet sind, behandeln zunächst die Antretung der Erbschaft. Der Inhalt
dieses Hauptstückes gab gleichfalls Anlass, Verschiedenheiten der Landesrechte auszugleichen. Die durch die
böhmische Landesordnung vorgeschriebene Immission des
Erben, welche man als zur Antretung der Erbschaft gehörig behandelte, wurde beseitigt; dagegen die in den
österreichischen Ländern zum Zwecke der Auseinander-
setzung der Vermögensverhältnisse stattfindende Verlassenschaftsabhandlung und insbesondere die einen Bestandtheil
derselben bildende Convocation der Gläubiger wurde allgemein eingeführt.

Die Antretung der Erbschaft, hinsichtlich deren die
Fiction gelten soll, dass sie im Augenblicke des Anfalles
erfolge, nebst der sich daran anschliessenden Untersuchung
des Erbrechtes wurde von der Verlassenschaftsabhandlung

abgesondert behandelt. Bei Festsetzung der Frist zur
Erklärung über die Antretung der Erbschaft folgte man
dem Vorbilde der für Böhmen erlassenen Pragmatiken
vom 14. März 1717 und vom 9. März 1722 und bestimmte
dieselbe mit drei Monaten unter Anwesenden und mit
sechs Monaten unter Abwesenden. Den Interessenten
wurde es ermöglicht, den Ausspruch des Eintretens der
mit Versäumung der Frist verbundenen Folgen zu erwirken. Diese bestanden aber den Nacherben gegenüber
in dem Verluste des Erbrechtes, den Nachlassgläubigern
gegenüber in der Fiction des Antrittes der Erbschaft, und
dem Ausschlusse von der Rechtswohlthat des Inventars.
Die Erklärung über die Antretung war zur Eintragung in
die öffentlichen Bücher bestimmt.

Die amtliche, mit Anlegung der engen Sperre beginnende Intervention sollte in jedem Nachlassfalle eintreten,
und im Wege der Verlassenschaftsabhandlung, bei deren
Normirung man sich auf ein für die österreichischen Länder
erlassenes Edict vom 31. Jänner 1760 berief, zu einer
Liquidirung und Vertheilung des Vermögens führen, so
dass jeder Gläubiger und Erbe das ihm Gebührende
erhalte.

Die Erbtheilung, welche in einem besonderen Hauptstücke behandelt wurde, sollte in den Formen des nicht
streitigen Verfahrens durchgeführt werden. Sie war nicht
mittelst einer Klage, sondern mittelst eines Gesuches einzuleiten; die durchgeführte gerichtliche Theilung sollte
nicht im Rechtswege, sondern nur im Beschwerdewege
angefochten werden können. Die Verschiedenheit der
Fristen, welche früher in Böhmen für diese Anfechtung
galten, je nachdem es sich um bewegliche oder unbeweg-
liche Sachen handelte, wurde beseitigt. Hinsichtlich der
Durchführung der Theilung ist hervorzuheben, dass der

Grundsatz: „der Aeltere theilt, der Jüngere wählt" beibehalten und die Erwirkung einer Fristbestimmung für die
Theilung und Wahl ermöglicht wurde. Beibehalten würde
auch eine Bevorzugung der männlichen Agnaten in der
Richtung, dass diese ausschliesslich berechtigt blieben, die
unbeweglichen Güter bei der Erbtheilung gegen Abfertigung der übrigen Miterben zu übernehmen.

Unter den Bestimmungen über die Einbringung vorempfangenen Gutes, welche sich in einem besonderen
Hauptstücke denen über die Erbtheilung anschliessen, ist
hervorzuheben, dass das Vorempfangene entweder in natura
eingebracht oder dessen Werth der Nachlassmasse zuge-
rechnet werden sollte.

Nach dem Generalplane hätten auf die dem Erbrechte
gewidmeten Abhandlungen die Abhandlung von dem Recht,
so an Sachen haftet, folgen und das getheilte Eigenthum
so wie die persönlichen Dienstbarkeiten behandeln sollen:
die Dienstbarkeiten an Stadt- und Landgründen waren für
eine besondere Abhandlung bestimmt, die unmittelbar an
die vorher erwähnte angereiht wurde.

Der Inhalt dieser beiden Abhandlungen ist im codex
theresianus in fünf Hauptstücke — vom Erbzinsrecht —
von dem Recht der Oberfläche — von dem Recht der
Dienstbarkeit überhaupt — von persönlichen Dienstbarkeiten — von Grunddienstbarkeiten — vertheilt worden.
In dem die Grunddienstbarkeiten betreffenden Referate
Zenker's wird die Behauptung ausgeführt, dass die Ser-
vitut nicht bloss in einer Verpflichtung zu dulden bestehen
müsse, sondern auch in einer Verpflichtung zu leisten bestehen könne.

Diesen Hauptstücken wird im codex theresianus das
Hauptstück von dem Rechte des Besitzes vorangestellt,
das nach dem Generalplane erst nach der Abhandlung

vom Pfand und Unterpfand oder Versicherungsrecht hätte folgen sollen; während das Hauptstück von dem Pfandrechte den Schluss des zweiten Theiles im codex theresianus bildet.

In seinem Referate spricht Zenker Ansichten aus, die zum Theile von massgebendem Einflusse auf die spätere Gesetzgebung geworden sind, zum Theil einen Einblick in die Entstehung von noch jetzt herrschenden Anschauungen gewähren. Er polemisirt gegen jene, die in dem Besitze bloss einen factischen Zustand erblicken, und vindicirt demselben die Eigenschaft eines Rechtes schon aus dem Grunde, weil es sonst an der Grundlage zur Ableitung der Schutzmittel des Besitzers fehlen würde.

Mit grosser Lebhaftigkeit bekämpft Zenker die in Böhmen entstandene Praxis, welche sich durch die sich steigernde Leichtigkeit in Ertheilung von Sicherstellungsmitteln herausbildete, und die dahin führte, dass man jedem, der eine Forderung einklagte, die Eintragung im öffentlichen Buche zur Sicherung der Priorität bewilligte, und die Erlangung des Pfandrechtes nur von der Liquidirung der Forderung abhängig machte. Nach dem Entwurfe soll ein richterliches Pfandrecht nur zum Zwecke der Execution oder bei nachgewiesener Gefahr ertheilt werden.

Eine andere in Böhmen herrschend gewordene Praxis, die noch heute ihre Vertheidiger findet, wird gleichfalls von Zenker bekämpft, und zwar die Einräumung eines gesetzlichen Pfandrechtes für Forderungen an rückständigen Kaufschillingsgeldern. Im codex theresianus wird ein gesetzliches Pfandrecht nur zur Sicherheit von Steuern und Grundabgaben, dann zum Schutze von Mieth- und Pachtzinsforderungen eingeräumt.

In allen die Erwerbung dinglicher Rechte an unbeweglichen Sachen betreffenden Hauptstücken wird der

schieden in erlaubte und unerlaubte; die erlaubten rühren
her aus Freigebigkeit, aus einer Verpflichtung oder aus
Billigkeit. Die Verpflichtung kann aus einem benannten
oder unbenannten Vertrage entspringen; der Vertrag beruht auf einer ausdrücklichen oder stillschweigenden Ein-
willigung, er kommt zu Stande durch die Erklärung des
Einverständnisses oder durch Uebergabe einer Sache. Die
Verbindlichkeiten aus unerlaubten Handlungen werden auf
die eigene Schuld oder auf das Verschulden eines Dritten
zurückgeführt. Die Beibehaltung der Unterscheidung zwischen benannten und unbenannten Verträgen wird damit
begründet, dass die benannten Verträge nicht alle möglichen Formen der abzuschliessenden Verträge erschöpfen.
Den hier angeführten Distinctionen wird in dem von den
Contracten insgemein handelnden Hauptstücke noch die in
einseitige und zweiseitige Contracte hinzugefügt und die
Nothwendigkeit dieser Unterscheidung als wesentlich bezeichnet, um daraus einerseits die den Pacistenten zustehenden Klagen abzuleiten und anderseits die Grundsätze
aufzufinden, die bei Beurtheilung eines Verschuldens und
bei der Zurechnung der Folgen einer Handlung oder Unter-
lassung massgebend sein sollen.

Die Stoffeintheilung in den Hauptstücken, welche die
einzelnen Arten von Verträgen behandeln, ist eine gleich-
förmige. Vorangestellt werden die Bestimmungen über
die wesentlichen Eigenschaften des Vertrages, dann folgen
die Anordnungen über die persönliche Fähigkeit der Paciscenten und über die Beschaffenheit der Leistung, daran
reiht sich die Normirung der Rechte und Pflichten, welche
für jeden der beiden Paciscenten aus dem Vertrage entspringen, und den Schluss bildet in der Regel die Regelung der Haftbarkeit für Schuld, Gefährde und Zufall. Da-
zwischen werden in besonderen, die Form von Abschnitten

vertretenden Paragraphen die Bestimmungen, welche einzelnen Arten von Verträgen eigenthümlich und die namentlich im Hauptstücke vom Kauf und Verkauf sehr zahlreich sind, eingereiht. Diese Bestimmungen enthalten auch sehr viele processuelle Anordnungen.

In dem Hauptstück vom Darlehensvertrag wird die Errichtung, Beweiskraft und Amortisirung von Urkunden, dann die Einwendung des nicht zugezählten Geldes behandelt. Die Beweislast hinsichtlich der Thatsache der Zuzählung trifft den Gläubiger, wenn die Einwendung binnen zwei Monaten nach Abschluss des Darlehens geltend gemacht wird; diese Frist beträgt aber ein Jahr, wenn der Aussteller des Schuldscheines innerhalb zwei Monaten nach der Ausstellung starb. Man hielt es für nothwendig, ausdrücklich beizusetzen, dass die Nichtzuzählung ohne Beschränkung auf eine Frist eingewendet werden könne, wenn sie vom Schuldner bewiesen werde, weil, so lautet die Begründung, derjenige mehr zu begünstigen sei, der einen Schaden von sich abwenden will, als wer einen Gewinn zu erlangen strebt.

Dieses Hauptstück, so wie jenes vom Pfandcontracte enthält viele Bestimmungen, welche schon in dem dem Pfandrechte gewidmeten Hauptstücke des zweiten Theiles ausgesprochen wurden, und die namentlich den Ausschluss von Generalhypotheken und die Forderung eines besonderen Titels zum Pfandrechte zum Gegenstande haben. Ganz consequent hielt man aber an der Forderung des Titels nicht fest, denn im Hauptstücke vom Kaufvertrage wird der in Böhmen herrschenden Praxis so weit nachgegeben, dass eine besondere Einräumung eines Pfandrechtes für einen rückständigen Kaufschilling überflüssig wird, wenn nur der Kaufvertrag überhaupt auf Grund der hinsichtlich des Eigenthumsrechts ertheilten Intabu-

lationsclausel zur Eintragung in das öffentliche Buch gebracht wird.

Bei Normirung der Nebenverträge, die mit dem Pfand-
vertragè verbunden werden können, suchte man der Möglichkeit einer Uebervortheilung oder Ausbeutung des Schuldners dadurch vorzubeugen, dass man den Abschluss mancher Verträge an eine gerichtliche Intervention knüpfte
und die Giltigkeit von der nach Untersuchung des Sach-
verhaltes zu ertheilenden Genehmigung des Gerichtes abhängig machte.

Eine Anlehnung an das römische Recht liegt darin,
dass das Handpfand und die Hypothek in abgesonderten
Abtheilungen normirt werden. Dem römischen Rechte
folgte man auch in dem Hauptstücke von der Bürgschaft
theilweise, indem man unter die Beschränkungen hinsichtlich der persönlichen Fähigkeit zu bürgen auch die Bestimmung aufnahm, dass Frauen nicht bürgen können,
obgleich man sonst in keiner Richtung einer Geschlechts-
tutel Raum gab. Dieses Hauptstück gab auch Anlass, sich
auf böhmisches Landesrecht zn berufen, nach welchem die
Einklagung des Schuldners den Bürgen befreite, und die
Verpflichtung des Bürgen nicht auf seine Erben überging,
welche Bestimmungen auch adoptirt wurden. Dem gemeinen
Rechte entgegen wurde ferner als eine dem Bürgen zu-
kommende Rechtswohlthat die Bestimmung aufgenommen,
dass die Verschwendung des Schuldners ein Befreiungs-
grund für den Bürgen sei.

Bei Normirung des Kaufvertrages fand man Raum zur
Aufnahme einer Reihe polizeilicher Bestimmungen, durch
welche Sachen dem Verkehre entzogen werden, die Aufstellung von Preistaxen und ein solches Eingreifen in den
Verkehr gerechtfertigt wird, wodurch der Kauf oder Verkauf in gewissen Fällen geboten oder verboten werden

soll. Einen hervorragenden Platz nehmen hiebei die Massregeln zur Verhütung einer Hungersnoth ein. Sehr aus-
führlich sind auch die an die Gewährleistung sich anschliessenden processuellen Bestimmungen über die Vertretungsleistung, als deren Quelle das in Böhmen bestehende
Recht bezeichnet wird. Diesem wurden namentlich die
Bestimmungen entlehnt, dass der Geklagte von der Klage
entbunden werde, wenn der Denunciat statt seiner in den
Process eintrete, und dass der Hauptprocess durch den
Process zur Erlangung einer Vertretungsleistung sistirt
werde.

In den Bestimmungen über Gewährleistung, dann über
Reugeld tritt das Bestreben an den Tag, den Schwierigkeiten eines Schadenersatzprocesses dadurch vorzubeugen,
dass die Berechnung des Schadens überflüssig gemacht
wird, indem das Gesetz eine Quote des Werthes als Aequi-
valent des dem Verletzten zugefügten Schadens bezeichnet.
Im Zusammenhange mit den Abarten des Kaufvertrages
wird auch das gesetzliche Einstandsrecht behandelt, und bei
diesem Anlasse das Einstandsrecht der Verwandten als der
Freiheit des Verkehres hinderlich aufgehoben.

Das Hauptstück vom Erbzinscontract behandelt in seiner
zweiten Abtheilung den Rentenkauf unter der Bezeichnung:
„Zinscontract" und entbindet denselben für den Fall, dass
er von dem Zinsberechtigten nicht aufgelöst werden kann,
von den gesetzlichen Zinsbeschränkungen.

Das von den Nebengebühren handelnde Hauptstück,
welches nach den die einzelnen Arten von Verträgen nor-
mirenden Hauptstücken eingereiht ist, zerfällt in fünf Abtheilungen — von Zinsen — von Nutzungen und Früchten
— von Zuwachs oder Zugängen — von Aufwand und
Verbesserungskosten — von Schäden und Unkosten. Die
erste, den Zinsen gewidmete Abtheilung enthält die gesetz-

lichen Zinsbeschränkungen, die bald nach Ausarbeitung
des dritten Theiles geändert werden mussten, da die gesetzlichen Zinsen von 5 auf 4 % herabgesetzt worden
waren. Bemerkenswerth ist es, dass das Referat Zenker's
die Rechtmässigkeit des Zinsennehmens insbesondere motivirt und sich in eine Rechtfertigung dessen einlässt, dass
es nicht unerlaubt sei, im Verlaufe der Jahre an Zinsen
eine Summe zu beziehen, welche die Höhe des Kapitals
überschreitet, so wie dass es gestattet sei, bezogene Zinsen
fruchtbringend anzulegen.

In dem Hauptstücke, das von den Nebenpersonen
handelt, wird der Stoff in drei Artikel — von Unterhänd-
lern — von denen für Andere contrahirenden Personen —
von Schiedsmännern — vertheilt, und im dritten Artikel
zugleich auch das schiedsgerichtliche Verfahren geregelt.

Der erste Artikel enthält eine Bestimmung über die
Entlohnung der Unterhändler, welche nach dem Vorbilde
des böhmischen Rechtes nicht über 1 % betragen soll.

Nach den Contracten folgen „die Handlungen, welche
den Contracten gleich kommen". Die Formulirung dieser
Titel-Ueberschrift geschah mit Absicht, und ist gegen die
gemeinrechtliche Theorie von den Quasicontracten gerichtet.
Schon bei der Motivirung des Generalplanes wurde be-
merkt, man bedürfe nicht der Fiction eines Quasicontractes,
die verbindende Kraft liege in der Handlung selbst. Die
Zahl der Fälle, in denen ein dem Contracte gleichkom-
mendes Verhältniss eintreten solle, wurde im codex theresianus vermehrt; denn zu den im Generalplane angeführten Abschnitten wurden noch die Paragraphe — von
der Grenzscheidung — von Aufladung auf ein Schiff oder
Wagen oder Abladung in einen Gasthof — von Befestigung
des Kriegs (Litiscontestation) — hinzugefügt.

Daran reihen sich die aus blosser natürlicher Billigkeit

verbindenden Handlungen, welche im Generalplane erst
nach den aus Verbrechen entspringenden Verbindungen
hätten folgen sollen.

In dem ersten, von den allgemeinen Grundregeln handelnden Paragraphe wird von der die Ausarbeitung des
Generalplanes herrschend gewesenen Tendenz abgegangen,
nach welcher man zu einem positiven Handeln, das ohne
eigenen Schaden dem Andern zum Nutzen gereiche, verpflichten wollte. Man begegnet nur mehr der einen Grund-
regel, es solle sich Niemand mit dem Schaden eines Andern bereichern. Dieses Hauptstück hat auch einen von
dem Generalplane ziemlich abweichenden Inhalt bekommen,
der aus den folgenden Paragraphen-Ueberschriften entnommen werden kann — von Zurückforderung einer Sache,
wegen nicht erfolgter Ursache, aus der sie gegeben wurde,
— von Zurückforderung einer aus ungebührlicher oder un-
billiger Ursache empfangenen Sache — von Zurückforderung des ohne Ursache vorenthaltenen fremden Gutes —
von Wiedererstattung des zu Jemands Nutzen verwendeten
fremden Gutes — von gleichem Betrag zu Vergütung eines
in Nothfällen wegen gemeinsamer Rettung erlittenen
Schadens.

Der letzte Paragraph gab dem Referenten Anlass, sich
über die Anwendbarkeit der lex rhodia de jactu auf die
gleichartigen, aus Anlass einer Feuersgefahr sich ergeben-
den Fälle auszusprechen. Er erklärt sich dagegen und
hält die Bildung eines öffentlichen Fondes, aus dem die
Entschädigung zu leisten wäre, für sehr wünschenswerth.

Das Hauptstück von Verbrechen hat gleichfalls im
Verhältniss zum Generalplane eine Erweiterung seines Inhaltes erfahren. Dasselbe zerfällt in vier Artikel, von denen
der erste dem allgemeinen Theile gewidmet ist und nebst
der Zurechnung, dann der Entstehung, dem Uebergang

und der Erlöschung der aus Verbrechen entspringenden
Verbindlichkeiten auch noch das Verhältniss zwischen dem
Civil- und Strafverfahren behandelt. Damit die Verbindlichkeit auf den Erben übergehe, soll nicht mehr die Litiscontestation gefordert werden, sondern die Vorladung genügen. Der im Strafprocesse Losgesprochene soll nicht
mehr civilgerichtlich belangt werden können. In Ehren-
beleidigungsachen schliesst überdiess schon die Einleitung
des Strafverfahrens das spätere Betreten des Civilrechts-
weges und umgekehrt die Civilklage die Strafanzeige aus.

Der besondere Theil behandelt in den folgenden drei
Artikeln — die an Jemands Person ausgeübten Verbrechen
— die zum Abbruch fremder Rechte und Güter gereichenden
Verbrechen — Ehrenhändel, Schandbriefe und andere Je-
mandens Ehre und guten Leumund antastende Verbrechen.
In jedem dieser Artikel werden nur jene Verbrechen ins-
besondere angeführt, die zur Quelle einer civilrechtlichen
Verbindlichkeit werden können.

Der erste Artikel insbesondere berührt in drei besonderen Paragraphen nur einige Verbrechen, durch welche
die körperliche Integrität — die persönliche Freiheit und
— die Geschlechtsehre gefährdet werden können. Es
fanden übrigens in diesen Artikeln auch Bestimmungen
Eingang, welche mit dem Inhalte derselben nur in einem
sehr losen Zusammenhange stehen. So enthält der Artikel
von den Verbrechen an Sachen auch einen Paragraph „von
„der zur Abwendung eines befahrenden Schadens gebüh-
„renden Rechtshilfe" und der von Ehrenhändeln handelnde
Artikel schliesst mit dem Paragraphen „von den Jemandens
„Person oder Gut nachtheiligen Berühmungen eines hieran
„habenden Rechtes."

Das Hauptstück von den für Verbrechen geachteten
Handlungen weicht von der im Generalplane ersichtlichen

Stoffeintheilung nur insoferne ab, dass von der Beschädig-. ung durch fremdes Vieh ausdrücklich gehandelt wird; dagegen werden unter den Beschädigungen, welche durch Unerfahrenheit in Ausübung des Berufes zugefügt werden können, an dieser Stelle nur mehr die Beschädigungen durch Unerfahrenheit eines Richters angeführt, dagegen aber die Beschädigungen durch Unerfahrenheit in Ausübung einer Kunst oder eines Gewerbes übergangen.

Der Inhalt der letzten Abhandlung des Generalplanes erscheint im codex theresianus in die zwei Hauptstücke — von Verwandlung und Uebertragung der Verbindungen an Andere — und von Aufhebung und Erlöschung deren Verbindungen — aufgelöst. In dem Referate zu dem ersteren dieser Hauptstücke bekämpft Zenker die lex anastasiana als der Leichtigkeit des Verkehres und den Interessen der Geldbedürftigen hinderlich.

Das letzte Hauptstück enthält viele processuelle Bestimmungen und behandelt die Tilgung durch Einreden oder Einwendungen als eine besondere Erlöschungsart der Verbindungen. In dem von den Quittungen handelnden Paragraphen werden die Bestimmungen über die Einwendung des nicht zugezählten Geldes auch auf die Beweislast in dem Falle angewendet, wenn die Richtigkeit einer Quittung angefochten wird. Der Beweis der erfolgten Zuzählung kann nicht mittelst der Quittung hergestellt werden, wenn die Anfechtung derselben binnen dreissig Tagen nach dem Ausstellungstage erfolgt.

Dreizehn Jahre waren seit der Einsetzung der Compilationscommission in Brünn verstrichen, mehr als dreimal war die Zeit von vier Jahren, welche man als zur Vollendung des ganzen Gesetzwerkes ausreichend in Aussicht gestellt hatte, abgelaufen, ehe man der Kaiserin den codex theresianus, an dessen Zustandekommen sie so lebhaften

Antheil genommen hatte, überreichen konnte. Das Ziel, dem man im Interesse des Verkehres, der Rechtspflege, des Staatsverbandes, der allgemeinen Wohlfahrt eine so grosse Bedeutung beilegte, schien nahezu erreicht. Mit der Beendigung der Codification des Civilrechtes traf fast gleichzeitig die Beendigung der constitutio criminalis theresiana zusammen: und es war daher die Möglichkeit geboten, den grössten Theil der Gesetzgebung zu reformiren, und eine einheitliche Reichsgesetzgebung an die Stelle der vielfältigen Landesgesetzgebungen zu setzen.

Allgemein glaubte man, dass die Sanctionirung des codex theresianus nicht ausbleiben werde, und unterhandelte sofort sowohl wegen des Druckes des deutschen Textes — der in drei Bänden bei Trattner in Wien erscheinen sollte — als auch wegen Uebersetzung desselben in das Böhmische und Italienische. Die Uebersetzung in diese beiden Sprachen wurde auch thatsächlich mit Genehmigung der Kaiserin begonnen.

Die Verhandlungen hierüber füllten einen Theil des Jahres 1767 aus. Es fehlte hiebei nicht an Stimmen, welche die Vornahme von Uebersetzungen für überflüssig hielten, da die Kenntniss der deutschen Sprache in allen Provinzen hinreichend verbreitet sei. Man wies auch auf Ungarn hin, wo man alle Gesetze nur in einer und zwar in der lateinischen Sprache kundmache, ohne Uebersetzungen für die verschiedenen in Ungarn wohnenden Nationen zu veranstalten. Bei dem Entschlusse Uebersetzungen zu veranstalten hielt man jedoch an der Ansicht fest, dass nur der deutsche Text Gesetzeskraft erlangen könne.

Da mehrere Monate seit der Vorlage des Textes an die Kaiserin verstrichen waren, ohne dass die Sanction erfolgte, so wurde das Bedenken laut, ob es gerathen sei, mit den Uebersetzungen vor der Sanctionirung des Textes

zu beginnen. Man glaubte jedoch nicht früh genug mit
den Uebersetzungen beginnen zu können, damit dieselben
zur Zeit als das Gesetz wirksam sein solle, fertig seien;
vorausgesetzt wurde hiebei, dass der Gesetzestext unverändert oder nur mit unbedeutenden Aenderungen, die in
den Uebersetzungen leicht durchzuführen sein würden,
sanctionirt werde.

Mannigfaltig waren die Vorschläge, die Uebersetzung
auf eine möglichst öconomische Weise zu bewerkstelligen.
Mit einiger Mühe nur konnte man die Ansicht zur Geltung
bringen, dass die Uebersetzung oder wenigstens die Revision derselben einem Juristen anvertraut werden müsse.
Statt des Honorars wollte man zur Entschädigung der
Mühe das ausschliessliche Privilegium der Vervielfältigung
ertheilen. Als sich kein Uebersetzer finden wollte, der auf
diese Bedingungen eingegangen wäre, unterhandelte man
mit einem Verleger in Prag, der die Kosten der Uebersetzung bestreiten, und gegen Einräumung des ausschliesslichen Verlagsrechtes ein Exemplar nicht über den Maximal-
preis von vier Gulden verkaufen sollte. Zur Rechtfertigung
dieses Preises wird angeführt, dass das Absatzgebiet für
böhmische Exemplare des Codex ein kleines sein werde
und dass zur Zeit Papiermangel in Böhmen herrsche, weil
die Statthalterei bei der herrschenden Trockenheit den
Betrieb der Papiermühlen im Interesse der Mahlmühlen
eingestellt habe.

Gleichzeitig mit der Veranstaltung der Uebersetzung
in das Böhmische und Italienische — der Antrag, den
codex in das Wendische übersetzen zu lassen, wurde abgelehnt, da diese Sprache zu wenig verbreitet sei — beschäftigte man sich auch mit Vorschlägen über Errichtung von
Lehrkanzeln für den codex theresianus an den Universitäten

in Wien und Prag und mit der Einsetzung von Commis-
sären, welche die Gesetzesanwendung überwachen sollten.

Alle diese Vorbereitungen, welche auf der Voraussetzung beruhten, dass der Entschluss, ein einheitliches
codificirtes Recht zu schaffen, in seiner früheren Kraft fort-
bestehe, und die vielleicht auch den Zweck hatten, zum
Ausspruch der Sanction zu drängen, waren vergeblich.
Das Jahr 1768 verstrich, ohne dass die Sanction erfolgte;
man beschloss vielmehr, sich in eine eingehende Prüfung
des ganzen Operates einzulassen.

Zu diesem Zwecke wurden die Bemerkungen, die von
verschiedenen Seiten über den codex theresianus gemacht
worden waren, der Compilationscommission zur Begutachtung mitgetheilt, und das Operat zugleich dem Staatsrathe zur Prüfung übergeben. Diese Revisionsarbeit begann
im Jahre 1769 und nahm mit den sich häufenden Bemerkungen, Erwiederungen und Beantwortungen der Erwiederungen immer grössere Dimensionen an.

Im Staatsrathe herrschte zunächst das Streben vor, bloss
auf eine Abkürzung des codex theresianus hinzuwirken, und
man liess sich in einen probeweisen Versuch einer derartigen Abkürzung ein. Noch im Jahre 1769 wurde in
diesem Sinne vom Staatsrath Binder eine Umarbeitung des
Hauptstückes von den Testamenten vorgenommen. Man
blieb jedoch dabei nicht stehen, sondern überging bald in
eine sachliche Kritik, die sich theils über allgemeine
Grundsätze, theils über einzelne Bestimmungen verbreitete,
und deren Resultate an die Compilationscommission zur
Begutachtung geleitet wurden.

Die belangreichsten Einwendungen bezogen sich auf
den Erwerb unbeweglicher Güter durch Fremde, die Vormundschaft, die Rechte der aus einer Scheinehe abstam-
menden Kinder, das eheliche Güterrecht, den Erwerb des

Eigenthums durch Uebertragung von einem Nichteigen-
thümer, die Wirkungen der grundbücherlichen Eintragung,
die gesetzliche Erbfolge und die Bestimmung des Pflichttheiles, die Aenderung der Verjährungsfristen, und die Abkürzung der Fristen, innerhalb welcher gewisse aus Verträgen entspringende Forderungen geltend gemacht werden
können, endlich die Festsetzung einer Quote für die Forderung des Interesse in Ersatzprocessen.

Die verschiedensten Richtungen fanden ihre Vertretung
in diesen Anmerkungen. Während einerseits angefochten
wird, dass die Berufung zur gesetzlichen Vormundschaft
sich nach der Erbfolgeordnung richte, eine ausnahmslose
Cautionspflicht der Vormünder fortbestehen und die Verschiedenheit der Gesetzgebung in Beziehung auf die Entlohnung der Vormünder aufrechterhalten bleiben solle —
wird anderseits der im codex theresianus enthaltene Ver-
mittlungsversuch, welcher gegen die ausschliessliche Bevorzugung der Söhne gegenüber den Töchtern in Bezug auf
die gesetzliche Erbfolge und den Anspruch auf einen
Pflichttheil gerichtet ist, lebhaft bekämpft und die Aufrechthaltung der in Böhmen und Mähren für die höheren
Stände geltenden Erbfolgegesetze verlangt.

d. Arbeiten aus der Zeit, während Horten das Referat führte.

Die Compilationscommission hat die ihr mitgetheilten
Anmerkungen in sechs sehr umfangreichen Vorträgen,
welche in die Zeit vom 23. Mai 1769 bis zum 16. Juli
1771 fallen, beantwortet. Noch ehe jedoch alle diese Vorträge einlangten, begann man im Staatsrathe an eine Umarbeitung des codex theresianus zu schreiten. Zuerst wurde
der erste Theil in Angriff genommen, und mit der Umarbeitung der Staatsrathsconcipist Johann Bernhard Horten,

der an der Kritik des codex theresianus einen hervorragenden Antheil genommen zu haben scheint, und dem
man auch die Beantwortung der von der Compilationscommission erstatteten Vorträge übertrug, — beauftragt. Diese
im Jänner 1771 begonnene Arbeit, bei welcher sich Horten
aller materiellen Aenderungen enthalten sollte, war im Mai
1771 beendet, und bildete die Grundlage für eine zu Ende
Juli und Anfangs August 1771 im Staatsrathe gehaltene
Berathung, zu welcher auch Zenker als Referent der Compilationscommission über Auftrag der Kaiserin zuzuziehen war.

Das Resultat dieser Berathung sollte Horten verar-
beiten, wobei ihm empfohlen wurde, nicht zu viele Detailbestimmungen aufzunehmen, und namentlich die casus rariores zu übergehen. Gleichzeitig wurde von der Kaiserin
die Einstellung der Uebersetzungen, an denen man in der
Zwischenzeit fortgearbeitet hatte, angeordnet.

Nach diesen Schritten musste man die Absicht, das
unter Zenker's Referat ausgearbeitete Werk zu sanctioniren,
als endgültig aufgegeben ansehen; und nach dem Verluste
von vier Jahren, nach dem Aufwande unsäglicher Mühe
stand man wieder beim Beginne des Werkes. Den gedeihlichen Fortgang der ferneren Arbeiten musste man geradezu
als gefährdet ansehen, da durch die über den codex theresianus geübte Kritik so wie durch die Erwiederung derselben und die Beantwortung dieser Erwiederung eine sehr
gereizte Stimmung entstanden war, die in den Vorträgen
der Compilationscommission und in den hierüber erfolgten
Aeusserungen Horten's einen sehr herben Ausdruck fand.
Die Fruchtlosigkeit der durch nahezu zwanzig Jahre mit
allem Eifer betriebenen Arbeiten konnte nicht verfehlen,
einen sehr entmuthigenden Einfluss zu üben und die Aus-
führbarkeit so wie die Zweckmässigkeit des ganzen Unter-
nehmens neuerlich in Frage zu stellen.

Horten, dem die Aufgabe der Umarbeitung zufiel, war zugleich in der Lage, Zenker's Arbeit gegen viele Angriffe in Schutz zu nehmen und solche Anträge abzuwehren, welche darauf berechnet waren, das Zustandekommen des Werkes in unabsehbare Fernen hinauszuschieben und dadurch unmöglich zu machen. Dahin gehörten die Anträge, die Vervollständigung des Werkes durch Ausarbeitung des vierten Theiles über die Gerichtsordnung abzuwarten, das Ganze zur Einführung in die nicht zu den deutschen Erb-landen gehörigen Besitzungen der Kaiserin zu adaptiren und vor der Sanctionirung das Gutachten aller Landes-stellen einzuholen. Für den letzteren Vorschlag wurde namentlich auch die Rücksicht geltend gemacht, dass sich die Länder an dem Zustandekommen des Gesetzes mit-betheiligen sollen, und dass man aus den einlangenden Gutachten die abzuändernden Gesetze kennen lernen werde.

Zur Characteristik der Einwendungen, denen man da-mals begegnen konnte, dient es, dass in einer aus jener Zeit herrührenden Denkschriften der Vorwurf erhoben wird, in dem Zenker'schen Entwurfe des Kundmachungspatentes werde von den Gebrechen der bestehenden Gesetzgebung gesprochen, darin sei aber eine Beschuldigung gegen alle Vorfahren der Kaiserin, welche diese Gesetzgebung ent-stehen und bestehen liessen, enthalten.

Dieser unbedingten Verehrung des Bestehenden stehen in einer anderen Denkschrift die Ansichten eines sehr ent-schiedenen Neuerers gegenüber, der das Naturrecht als die einzige Rechtsquelle anerkennen will. Er bekämpft es na-mentlich, dass nach dem codex theresianus das römische Recht als Subsidiarrecht fortbestehen soll. Mit Berufung auf Thomasius wird es für lächerlich erklärt, dass die Deutschen so viel Mühe auf die Aneignung des römischen Rechtes verwenden, da doch die örtlichen Verhältnisse, die

Sitten, die Lebensart, die Interessen und die Regierungs-
form der deutschen Länder verschieden seien von den
Zuständen des Gebietes, für welches das römische Recht
entstand. Man müsse das römische Recht gänzlich ab-
schaffen und die subsidiäre Anwendung, ja sogar das Citiren desselben ausdrücklich verbieten, wenn man die der
Rechtspflege so gefährlichen Chicanen und Rabulistereien
beseitigen wolle. Ohne diese Massregel könnte man den
beabsichtigten Zweck nicht erreichen; die bestehende Ver-
wirrung würde nur noch grösser werden, wenn man ein
voluminöses Gesetz an die Seite statt an die Stelle des
römischen Rechtes setzen würde.

In eben dieser Denkschrift wird auf einen Vergleich
mit auswärtigen Gesetzen hingewiesen und die preussische,
sardinische und dänische Gesetzgebung als Muster vorge-
halten.

Horten nahm in diesen Kämpfen eine Mittelstellung
ein. Von der Compilationscommission wegen der Kritik des
codex theresianus lebhaft angefeindet, suchte er gleichwohl
den Auftrag der Umarbeitung so lange als möglich fern
zu halten, indem er dafür hielt, dass nur einzelne Verbesserungen nöthig seien. Nachdem ihm aber der Auftrag
der Umarbeitung geworden war, musste er sich gegen jene
wenden, welche unerfüllbare Erwartungen hinsichtlich der
Gemeinverständlichkeit eines Gesetzes hegten. In einem
an den Präsidenten des Staatsrathes gerichteten Vortrage
spricht er sich darüber aus, es sei unmöglich, ein Gesetzbuch so abzufassen, dass es jedem Laien verständlich sei;
die Jurisprudenz werde nie aufhören, eine Wissenschaft
zu bleiben, die nur jenen zugänglich sei, welche sich ihr
widmen.

Am 17. November 1771 legte Horten die ihm aufge-
tragene Umarbeitung des ersten Theiles vor; dieselbe wurde

ohne Zuziehung der Compilationscommission im Mai und
Juni 1772 berathen und von der Ministerconferenz angenommen.

Trotzdem nun Alles vorbereitet schien, um einen de-
finitiven Entschluss fassen zu können, entschied man sich
doch für einen Mittelweg. In dem kaiserlichen Handschreiben vom 4. August 1772 — das wie alle Entschliessungen in der Verhandlung wegen Sanctionirung des codex
theresianus nicht an den Präsidenten der Compilationscommission, sondern an den Präsidenten der obersten Justizstelle gerichtet ist — wird die Genehmigung der von Horten
verfassten Umarbeitung des ersten Theiles zwar ausgesprochen, dieselbe aber gleichwohl an die Compilations
commission zum Zwecke der Berathung gewiesen.

Man wollte aber doch wieder nicht der Compilationscommission, welche angewiesen wurde, Horten zu ihren
Sitzungen beizuziehen, völlig freie Hand lassen. Es wurde
ihr demnach bloss gestattet, einzelne sehr wichtige Anstände
zur Entscheidung der Kaiserin zu bringen; zugleich theilte
man der Commission die Grundsätze mit, die für die durch
Horten vorgenommene Umarbeitung massgebend waren,
und die auch für die Arbeiten der Commission zur Richtschnur dienen sollten.

In diesen Grundsätzen wird verlangt: 1. den Stoff zu
sichten und dasjenige, was in ein Lehrbuch gehöre, nicht
in das Gesetz aufzunehmen, 2. sich möglichst kurz zu
fassen, unnöthiges Detail, namentlich über Dinge, die dem
Gesetzgeber gleichgiltig sind, und die casus rariores zu
übergehen, vielmehr die Aufstellung allgemeiner Sätze anzustreben, 3. Zweideutigkeiten, Undeutlichkeiten, unnützige
Wiederholungen und Weitläufigkeiten in Anordnungen, die
kein Vernünftiger bezweifelt, zu vermeiden, 4. sich nicht
an römisches Recht zu binden und die natürliche Billigkeit

zur Grundlage zu nehmen, 5. sich in keine Subtilitäten
einzulassen und sich der möglichsten Einfachheit zu befleissen.

In eindringlicher Weise wurde die Commission gleichzeitig zur Beschleunigung gemahnt. Diese Mahnung schien
übrigens wenig Aussicht auf Erfolg zu haben, denn die Commission erklärte bei ihrem ersten Zusammentreten, es sei
unmöglich, in jeder Woche eine Sitzung zu halten, sie beschloss ferner, dass ihr mitgetheilte Operat vorläufig Zenker
zu übergeben, damit er seine Gegenbemerkungen machen
könne.

Wenige Tage nach diesem am 11. August 1772 gefassten Beschlusse wurde Zenker seines Referates mit
Rücksicht auf seine sonstigen Amtsgeschäfte enthoben und
Horten, den man zum Regierungsrathe befördert hatte, um
ihm eine angesehenere Stellung in der Commission zu
sichern, zum Referenten bestellt. Die Berathungen begannen sohin am 25. August 1772 unter dem Präsidium des
Grafen Sinzendorf und dauerten bis zum Mai 1773.

Die Ergebnisse der Berathung wurden capitelweise in
einem an die Kaiserin gerichteten Vortrage dargestellt und
es erfolgte über jeden Vortrag eine besondere Entschliessung, wodurch die gestellten Anträge angenommen oder abgelehnt wurden. Die Entschliessungen waren aber nicht so ab-
gefasst, dass man sie ihrem Wortlaute nach in den Text
hätte aufnehmen können; man musste vielmehr wiederholt
Erläuterungen erbitten, um sich nur eine Gewissheit über
die Tendenz der Entschliessung zu verschaffen. Bei dieser
Sachlage konnten die einzelnen Resolutionen, bei denen
man gar nicht in der Lage war, den Zusammenhang der
verschiedenen Capitel eines und desselben Theiles zu
würdigen, die legislative Arbeit nicht zum Abschlusse
bringen; immer blieben noch die Wege zu nachträglichen

Aenderungen offen. Man sieht daraus, dass es an der Entschiedenheit in der Durchführung des vor zwanzig Jahren gefassten Beschlusses, eine einheitliche codificirte Gesetzgebung zu schaffen fehlte, und nicht mit Unrecht wird man die Folgerung ziehen können, dass der Entschluss selbst zum Wanken gebracht worden sein dürfte.

Die Art des Fortganges der legislativen Arbeiten während der letzten Regierungsjahre Maria Theresia's gibt Zeugniss von einem allgemeinen Ermatten, das um so überraschender ist, als es zur Zeit des äusseren Friedens, der Erholung nach langen Kriegsleiden Raum gewann, während man zur Zeit der grössten äusseren Bedrängniss sich von dem gestellten Ziele nicht abwendig machen liess und demselben mit unerschütterter Ausdauer zusteuerte.

Das Operat, das aus diesen Berathungen hervorging, unterscheidet sich in seiner Stoffeintheilung von dem unter Zenker's Referat zu Stande gekommenen Werke nur dadurch, dass das siebente Hauptstück von den Dienstpersonen weggelassen wurde. Dasselbe fehlt schon in der Horten'schen Umarbeitung, die der Commission mitgetheilt wurde, ist aber noch in dem ersten Entwurfe enthalten, den Horten zu der Zeit ausarbeitete, als die Sanctionirung des Zenker'schen Operates noch nicht endgiltig aufgegeben war.

Viele der Streitfragen, welche die Commission früher bewegt hatten, tauchten in diesem Stadium der Berathung wieder auf und wurden zum Theile anders als während der ersten Zeit der Compilationsarbeiten entschieden. Bei der Berathung über das erste Hauptstück war es namentlich die Frage über das Gewohnheitsrecht und die Gesetzesauslegung, welche die Debatte beschäftigte.

Hinsichtlich des Gewohnheitsrechtes blieb man zwar bei dem früher mit Mühe erkämpften Beschlusse, dasselbe

9*

als Rechtsquelle anzuerkennen, dagegen glaubte man alle Auslegungsregeln unter ausschliesslicher Zulassung der Wortinterpretation beseitigen zu können.

Das dem Eherechte gewidmete Hauptstück, das die Ueberschrift „von den Rechten zwischen Mann und Weib" erhielt, gibt Zeugniss von den gegen die geistliche Gerichtsbarkeit gerichteten Bestrebungen. Bei der Berathung sprachen sich mehrere Stimmen für Beseitigung der geistlichen Gerichtsbarkeit in Ehesachen aus, und auch die Majorität, welche sich für die Aufrechthaltung derselben aussprach, that diess nur, weil sie ein Verhältniss, das seit langer Zeit bestand, zu ändern Anstand nahm. Die geistliche Gerichtsbarkeit wurde hiebei als eine vom Staate delegirte aufgefasst und darum verlangt, dass die geistlichen Consistorien zum Theil mit weltlichen Richtern besetzt werden, damit man eine Gewähr habe, dass die weltlichen Gesetze über die Befähigung zum Abschlusse eines Ehevertrages beobachtet werden. Gefordert wird ferner, dass die Geistlichen, welche mit Ignorirung dieser Gesetze Trauungen vornehmen, zur Strafe gezogen werden. Die Vollstreckung der Erkenntnisse in Verlobungsstreitigkeiten, welche bisher der geistlichen Gerichtsbarkeit zustand, wurde für die weltliche Macht in Anspruch genommen und sollte nach den Bestimmungen über die Vollstreckung eines Erkenntnisses ad praestandum factum erfolgen.

Hinsichtlich der das eheliche Güterrecht betreffenden Bestimmungen wurde die bemerkenswerthe Aenderung vorgenommen, dass man die früher beschlossenen Beschränkungen für die Zulassung der Gütergemeinschaft unter Ehegatten aufgab,

Auffallend ist die Tendenz, Adoptionen zu erleichtern, welche sich bei der Berathung des Hauptstückes über die Rechte zwischen Eltern und Kindern kundgab. Die Alters-

grenze für die Adoptiveltern wurde auf vierzig Jahre herabgesetzt und die Bestimmung, welche eine bestimmte
Altersdifferenz zwischen den Adoptiveltern und dem Adop-
tivkinde verlangt, beseitigt. Die Adoption wurde hiebei
als ein Mittel aufgefasst, sich eine Stütze für die Zeiten
eines gebrechlichen Alters zu verschaffen. Aus diesem
Grunde fand man es wünschenswerth, die Zulassung der
Adoption nicht erst bis auf den Eintritt eines hohen Alters
aufzuschieben und hielt es nicht durch das Wesen der
Sache geboten, dass man eine Altersdifferrenz verlange,
welche einer Analogie mit dem Verhältnisse zwischen natürlichen Eltern und Kindern entspringen würde.

Sehr belangreiche Aenderungen wurden in dem Hauptstücke von der Vormundschaft vorgenommen. Dem Eide, den
der Vormund hätte leisten sollen, wurde ein Gelöbniss sub-
stituirt, indem man zugleich das Abfordern von Eiden,
durch die bloss einer Form genügt werden solle, bekämpfte.

Hinsichtlich der Geltendmachung der Cautionspflicht
des Vormundes wurde dem richterlichen Ermessen ein
weiterer Spielraum, der die Berücksichtigung der Verhältnisse des einzelnen Falles ermöglichte, eingeräumt.

Die Bemessung der Entlohnung des Vormundes wurde
ferner im Gegensatz zum bisherigen Rechte ausschliesslich
dem richterlichen Ermessen anheimgegeben und damit die
Rechtseinheit auf einem Gebiete hergestellt, auf welchem
nach den früheren Beschlüssen der Compilationscommission
eine Verschiedenheit der Gesetzgebung hätte fortbestehen
sollen. Es fehlte auch diessmal nicht an Stimmen, welche
für die Bestimmung des böhmischen Rechtes eintraten und
die Festsetzung einer bestimmten Quote des Einkommens
als Entlohnung des Vormundes verlangten, indem sie besorgten, man werde in Böhmen keine tüchtigen Vormünder

finden, wenn diese dem richterlichen Ermessen, das leicht
in Willkür übergehen könne, preisgegeben würden.

Man suchte das Princip dadurch zu retten, dass man
vorschlug, die Quote, welche nach dem böhmischen Rechte
ein Sechstel betrug, auf ein Achtel, und wenn es sich um
ein leicht zu verwaltendes Vermögen handelt, auf ein
Zwölftel herabzusetzen. Die über diese Vorschläge erfolgte
kaiserliche Entschliessung hielt jedoch an dem schon bei
einem früheren Anlasse ausgesprochenen Beschlusse fest,
hinsichtlich der Entlohnung der Vormünder die in Oesterreich geltenden Bestimmungen, welche die Festsetzung der
Entlohnung dem richterlichen Ermessen überliessen, in allen
Ländern zur Anwendung zu bringen.

Die Verlängerung der Vormundschaft, welche man früher
über die Zeit des vierundzwanzigsten Jahres hinaus zulassen
wollte, wurde lebhaft bekämpft, indem man hervorhob, dass
derjenige, welcher mit vierundzwanzig Jahren keine innere
Selbständigkeit erlangt habe, nie zu einer geistigen Reife
gelangen werde. Der Hinweisung auf verschwenderische
Neigungen, in welche junge Leute leicht gerathen, wurde
die Bemerkung entgegengesetzt, dass der Geizige für das
Gemeinwohl fast nachtheiliger sei als der Verschwender, und
dass man sich darum doch nicht in curatorische Massregeln
zur Verhütung des Geizes einlassen werde. Schliesslich
beschränkte man die Verlängerung der Vormundschaft in
ihrer Anwendung auf die Angehörigen höherer Stände und
machte dieselbe von einem Beschlusse der obersten Justizstelle abhängig.

Noch ehe die Commission mit der Berathung der sechs
Hauptstücke des ersten Theiles zu Ende kam, suchte man
durch eine Aenderung ihrer Geschäftsordnung eine Beschleunigung ihrer Arbeiten zu erzielen; diess schien auch
nothwendig, da man glaubte berechnen zu können, dass

die Arbeiten bei Einhaltung der eingeschlagenen Verfahr-
ungsweise neun Jahre in Anspruch nehmen würden. Das
Wesen des der Kaiserin gemachten Vorschlages geht dahin,
dass Horten die Bemerkungen, die er über den zweiten
und dritten Theil zu machen habe, unmittelbar an die
Commission leite, ohne dass dieselben vorher einer Prüfung
durch den Staatsrath unterzogen würden, und dass das
Hauptgewicht der Berathungen in die schriftlichen Bemerkungen gelegt werde, welche zwischen Horten und den Commissionsgliedern auszutauschen wären.

In dem Handschreiben, das die Kaiserin am 31. März
1773 ergehen liess, spricht dieselbe, indem sie auf Beschleunigung dringt, die Erwartung aus, dass die ganze
Arbeit in zwei Jahren beendet sein werde. Den vorge-
schlagenen schriftlichen Verkehr billigt sie keineswegs und
verlangt, dass die Commissionsglieder sich vor der Sitzung
vorbereiten, und dass nur jene Stellen des Textes zum
Vortrage gebracht werden, welche zu Abänderungsanträgen
Anlass geben. Sie überlässt es der Commission, stylistische
Aenderungen durch Majoritätsbeschlüsse vorzunehmen, wenn
aber die Majorität eine sachliche Aenderung vorzunehmen
beschliesst, so hat sie die Entscheidung der Kaiserin einzuholen. Gleichzeitig wird der Commission die Entscheidung über jene den zweiten Theil betreffenden Bemerkungen
eröffnet, welche der Commission noch zur Zeit als Zenker
Referent war, zur Begutachtung mitgetheilt worden waren;
diese Entscheidung sollte die Commission bei ihren Berathungen zur Richtschnur nehmen, gleichwohl aber aus höchst
wichtigen Gründen dagegen Vorstellungen machen dürfen.

In demselben Handschreiben wurde auch aufgetragen,
dass die oberste Justizstelle die Uebersetzung des ersten
Theiles in das Böhmische und Italienische bewirken solle,
so wie eine Abtheilung des Gesetzwerkes fertig würde.

In Befolgung dieses Auftrages wurde die Uebersetzung
. sofort in Angriff genommen und capitelweise fortgesetzt, obgleich die Frage der Sanction des Urtextes in Schwebe blieb.
Die Commission, in welche um diese Zeit Martini, der
später einen hervorragenden Antheil an den Codificationsarbeiten nahm, eintrat, überging zur Berathung des zweiten
Theiles, ohne die Frage der Sanction des ersten Theiles zu
einer Entscheidung zu bringen.

Aus den Protocollen der Commission ist zu entnehmen,
dass man ihre Aufgaben erweitert hatte, obgleich man sich
so schwer entschliessen konnte, das Begonnene zum Abschluss zu bringen. Aus einer Commission, welche berufen
war, ein Civilgesetzbuch auszuarbeiten, war sie allmählig
zu einer Gesetzgebungscommission geworden. Neben der
Codificirung des Civilrechtes war sie auch mit der Ausarbeitung der Gerichtsordnung, die nicht mehr einen Bestandtheil des codex theresianus bilden sollte, beschäftigt und
hatte ausserdem über viele einzelne Gesetzgebungsfragen
zu verhandeln.

Vor diese Commission brachte nun Horten die Fortsetzung einer Umarbeitung des codex theresianus zur Berathung. Nach der ihm ertheilten Aufgabe hatte er sich
zunächst auf die Verfassung eines Auszuges zu beschränken.
Das Bemühen abzukürzen führte ihn in mancher Beziehung
zu einer Aenderung der Stoffeintheilung; einzelne materielle
Aenderungen waren durch die über das Zenker'sche Operat
eingeleiteten Berathungen und die darauf ergangenen kaiserlichen Entschliessungen nothwendig geworden.

In Folge der Verminderung des Inhaltes der einzelnen
Hauptstücke wurde es möglich, die verschiedenen Unterabtheilungen derselben aufzugeben, und die Hauptstücke
erscheinen nur mehr in Paragraphe, die den Absätzen des
Zenker'schen Operates entsprechen, abgetheilt. Die Be-

zifferung derselben beginnt mit jedem Hauptstücke. Man sieht daraus, dass auch die zunächst bloss für die Uebersicht und das Citiren wünschenswerthen Vereinfachungen nur allmählig Raum gewannen. Im Josephinischen Gesetzbuche behielt man die Einrichtung des Horten'schen Entwurfes bei, das westgalizische Gesetzbuch hat für jeden Theil eine durchlaufende Paragraphenfolge, erst im a. b. Gesetzbuche nahm man eine durch das ganze Gesetzbuch gehende Paragraphenfolge an.

Die von Horten im zweiten Theile vorgenommenen Aenderungen der Stoffeintheilung bestehen in der Weglassung der zwei Hauptstücke, welche von den dinglichen Rechten und von der Erbfolge im Allgemeinen handelten, da dieselben nur eine Uebersicht der in die folgenden Hauptstücken aufgenommenen Bestimmungen enthielten.

Das Hauptstück von den Schenkungen wurde weggelassen, da man die Schenkung als einen Vertrag im dritten Theile zu normiren beschloss. Die Bestimmungen über Fideicommisse wurden aus dem Hauptstücke von der Nachberufung eines Erben ausgeschieden und in einem eigenen Hauptstücke behandelt. Das von Antretung der Erbschaft handelnde Hauptstück wurde in zwei Hauptstücke — von dem Erbrechte und dessen Erwerbung — und — von der Verlassenschaftsabhandlung zerlegt. Dagegen wurden die von der Emphyteuse und Superficies handelnden Hauptstücke zu einem vereinigt.

Im dritten Theile beschränken sich die vorgenommenen Aenderungen der Eintheilung darauf, dass die ersten vier Hauptstücke des Zenker'schen Operates, welche die allgemeinen Bestimmungen enthalten, in die drei Hauptstücke — von Verträgen — von Vergleichen — von Zusagen — umgestaltet, mit dem letzteren die Bestimmungen über Schenkungen verbunden und das dem ersten Theile entnommene

Hauptstück von den Dienstpersonen nach dem Hauptstücke
von Bestandverträgen eingeschaltet wurden.

Die Umarbeitung, welche Horten capitelweise vornahm,
gelangte nur theilweise zur Berathung und nur ein Theil
des bei diesen Berathungen erzielten Resultates wurde der
Kaiserin zur Entscheidung der an den Tag getretenen
Differenzen vorgelegt.

Die belangreichsten Meinungsverschiedenheiten ergaben
sich bei den Berathungen über die Ausnahmen, welche in
Ansehung der gesetzlichen Erbfolge und des Pflichttheiles
für die höheren Stände gelten sollten. Die einander entgegengesetzten Bestrebungen, Bevorzugung der Söhne und
Billigkeit gegen die Töchter wirkten fort und es gelang
noch nicht, dieselben unter einen gemeinschaftlichen höheren Gesichtspunct zu vereinigen. Man entschied sich dafür,
die eine Hälfte des Nachlasses ausschliesslich den Söhnen
vorzubehalten und die andere unter alle Kinder ohne Unterschied des Geschlechtes vertheilen zu lassen; der Pflichttheil sollte, wenn nur Töchter vorhanden sind, die Hälfte,
ausserdem aber drei Viertel des Nachlasses betragen.

In der eingeschlagenen Richtung, welche die dem Individuum gebührende Berücksichtigung gegenüber der Rücksicht auf die Erhaltung der Geschlechter erweitert, machte
man aber zwei sehr belangreiche Fortschritte.

Der eine bestand darin, dass man das Repräsentations-
recht hinsichtlich der Töchter eines vor dem Erblasser verstorbenen Sohnes ausnahmslos zur Anwendung brachte, und
alle früher beabsichtigten Ausnahmen aufgab.

Die andere bestand aber in der Anerkennung des
Grundsatzes, dass, wer in einem Lande die Landstandschaft
habe, im ganzen Reiche der Anwendung der für die höheren Stände geltenden Gesetze unterliege. Wenn man sich
mit diesem Gedanken befreundete, so musste man dahin

gelangt sein, den socialen Unterschied zwischen dem persönlichen und dem Grundadel zu übersehen. Damit musste
aber auch das Motiv, das den für die höheren Stände bisher angewandten Sonderbestimmungen zu Grunde lag und
das in der Erhaltung eines grösseren geschlossenen Grund-
besitzes bestand, in den Hintergrund gedrängt werden.
Dachte man sich aber diese Sonderbestimmungen auf den
zahlreichen im Mittelpuncte des Reiches wohnenden Adel,
der eines grösseren Besitzes entbehrte, angewandt, so
musste die Verschiedenheit der Erbberechtigung nach dem
Stande und nach dem Geschlechte als eine zwecklose Ano-
malie erscheinen. In dem Beschlusse der in einem Lande
erworbenen Landstandschaft einen bestimmenden Einfluss
auf die Rechtsanwendung für alle Erblande einzuräumen
— welcher Beschluss der Absicht entsprang, einen Reichs-
adel anzuerkennen — liegt der Keim, aus welchem in
kurzer Zeit die Anerkennung der gleichen Erbberechtigung
von Söhnen und Töchtern und die Beseitigung des Einflusses, den man dem Standesunterschiede in Beziehung
auf das Erbrecht einräumte, erwuchs.

Ein nicht uninteressanter Differenzpunkt ergab sich
bei der Berathung über die Testamente. Der Hofkriegs-
rath, welcher um sein Gutachten über die Bestimmungen
hinsichtlich der Militärtestamente angegangen worden war,
hielt dafür, dass das Civilgesetzbuch nicht für Militärper-
sonen gelten könne, und dass man vielmehr ausdrücklich
die unveränderte Aufrechthaltung der Militärfreiheiten aussprechen solle. Die Commission negirte hierauf sehr entschieden den Bestand von Militärfreiheiten im Sinne von
Privilegien und führte aus, dass das Militär bisher nur
darum unter der Herrschaft eines besonderen, nämlich des
römischen Rechtes stand, weil die Landesrechte sehr verschieden seien und es daher an einem Bestimmungsgrunde

zur Entscheidung der Frage, welches Landesrecht auf das Militär anzuwenden sei, gefehlt hätte. Wenn aber ein einheitliches Recht für das ganze Reich geschaffen werde, so sei kein Grund vorhanden, warum man das Militär von der Anwendung desselben ausnehmen wolle.

Diese Meinungsverschiedenheit sollte bei der Berathung einer gemischten Commission ausgetragen werden; dieselbe scheint jedoch nicht stattgefunden zu haben.

Die Berathungen der Compilationscommission selbst wurden bald darauf und zwar im August 1776 abgebrochen, nachdem sie bis zu dem Hauptstücke — von der Einbringung vorempfangenen Gutes — gediehen waren.

Die letzten Hauptstücke des zweiten Theiles und der dritte Theil kamen nicht mehr zur Berathung. Der Grund dessen dürfte darin gelegen sein, dass die Gegner einer einheitlichen und einer codificirten Gesetzgebung einen überwiegenden Einfluss gewonnen hatten. Dafür spricht der Umstand, dass man die mit Bestimmtheit in Aussicht gestellte Sanction der Gerichtsordnung, welche der Kaiserin fast gleichzeitig mit dem Ende der Berathungen über das Civilgesetzbuch unterbreitet worden war, und die auf Entscheidungen principieller Vorfragen beruhte, hintertrieb.

Von welcher Art die Strömungen waren, welche zu Ende der Regierungszeit Maria Theresia's, also zu einer Zeit, in welcher die muthige Energie der früheren Jahre einer sehr verzagten Stimmung Platz gemacht hatte, sich geltend zu machen wussten, kann man aus zwei Vorträgen entnehmen, welche im Jahre 1780 an die Kaiserin erstattet wurden. Die Veranlassung bot die an den Präsidenten der obersten Justizstelle gerichtete Aufforderung, vier in Preussen erlassene Verordnungen von sehr verschiedenem Inhalt — darunter eine Instruction für die Justizcollegien und eine Verordnung über die Anlegung lebendiger Zäune —

zu begutachten. Der Präsident Graf Seiler hielt sich in seinem Gutachten nicht sehr bei dem Inhalte der zu besprechenden Verordnungen auf und verbreitete sich über die Art, Gesetze abzufassen. Hierbei wird gegen die schädliche Neigung des Universalisirens angekämpft und hervorgehoben, es sei eine weise und bescheidene Vorsicht eines Souveräns, der mehrere ausgebreitete Länder zu beherrschen hat, nicht in allen Ländern zugleich neue Systeme einzuführen, sondern die beabsichtigten Reformen zuerst in einem Lande zu verwirklichen, um die dabei gemachten Erfahrungen bei der Ausdehnung derselben auf andere Länder benützen zu können.

Diese Bemerkungen bestimmten die Kaiserin, ein Gutachten über die Frage zu verlangen, wie Gesetze abzufassen seien. Dieses Gutachten wurde nicht mehr von dem Präsidenten der obersten Justizstelle, sondern von dem Gerichtshofe selbst über Antrag des Referenten Kees, der sich bald in sehr hervorragender Weise an Codificationsarbeiten zu betheiligen hatte, erstattet. In demselben wird das Abfassen von Gesetzbüchern als zu kostspielig verworfen; mit besonderem Nachdrucke aber das Erlassen allgemeiner Gesetze über einzelne Fragen bekämpft. Dieser Art von Gesetzen wird vorgeworfen, dass sie ohne Nothwendigkeit und ohne gehörige Vorbereitung erlassen werden, so dass bald Erläuterungen und Modification nachfolgen müssen. Vor Allem sei es aber nachtheilig, dass diese Gesetze für alle Länder eingeführt werden. Die Gesetze sollen dem Geiste der Nation, der Denkungsart, Moralität des Volkes, der Lage und Beschaffenheit des Landes entsprechen. Wenn man diess übersehe, so gelange man in gewaltsame, gekünstelte Operationen, welche selten von langer Dauer seien. Man müsse das Volk behandeln wie es ist, nicht wie es sein sollte, und sich insbesondere in Oesterreich vor einer Universalisirung hätten, wo die Verschiedenheit der Verhältnisse so gross sei, dass selbst die Majestätsrechte auf ungleichen Quellen beruhen. Diese Betrachtungen gipfeln in den als unabweislich bezeichneten und für die herrschende Richtung characterischen Forderungen, die Vereinigung der böhmischen und österreichischen Hofkanzlei wieder aufzulösen, dagegen bei den Länderstellen die Leitung der Justiz und der politischen Verwaltung zu verbinden. Nebenher wird der Frage, wie Gesetze abzufassen seien, welche den Hauptgegenstand des Gutachtens hätte bilden sollen, gedacht. Die in dieser Beziehung gestellten Anträge zielen dahin, den gesetzgeberischen Acten durch die Entscheidung einzelner Fälle oder durch Belehrungen auszuweichen, den Landesorganen das Hauptgewicht bei legislativen Verhandlungen einzuräumen und die erlassenen Gesetze nur in einzelnen Ländern einzuführen.

Diese Bestrebungen reichten gleichwohl nicht aus, um die Kaiserin zu bestimmen, das von ihr mühsam Geschaffene geradezu zu zerstören, allein so mächtig waren sie doch, um die schöpferische Wirksamkeit der zur Herbeiführung einer Rechtseinheit eingesetzten Organe zu lähmen.

2. Arbeiten während der Regierung Joseph's II.

Eine entschiedene Aenderung trat mit der Uebernahme der Regierung durch Joseph II. ein. Bald nach seinem Regierungsantritte liess er sich durch den Präsidenten der Compilationscommission über deren bisherige Thätigkeit Bericht erstatten.

Zunächst galt es, die Berathungen über die Gerichtsordnung zu fördern, die in's Endlose zu gerathen drohten, da man das fertige Operat der Compilationscommission, dessen Sanction bereits in Aussicht gestellt war, einer besonderen Deputation zur Ueberprüfung vorgelegt hatte, deren Elaborate an die Compilationscommission und mit dem Gutachten der letzteren an den Staatsrath gelangen sollten. Durch die Aufhebung der Deputation und durch den Ausspruch, dass der Kaiser es sich vorbehalte, den Staatsrath von Fall zu Fall zu einer Begutachtung aufzufordern, wurde aber nicht bloss die Gesetzgebung in Beziehung auf die Gerichtsordnung gefördert, sondern der Compilationscommission eine freiere Stellung eingeräumt, welche beitragen musste, ihre Thätigkeit auf allen Gebieten der Gesetzgebung zu unterstützen.

In Beziehung auf die Civilgesetzgebung beschloss der Kaiser über Antrag des Grafen Sinzendorf, die Beendigung des ganzen Gesetzwerkes nicht abzuwarten, sondern den ersten Theil abgesondert als Gesetz kundzumachen.

Der Realisirung dieses Beschlusses, welcher erst am 1. November 1786 verwirklicht wurde, ging eine Reihe von Verordnungen über Gegenstände des Civilrechtes voran, welche tiefgreifende Reformen in dem bestehenden Rechtszustande vornahmen. Als die belangreichsten können die Patente vom 16. Januar 1783 Nr. 117 und vom 3. Mai 1786 Nr. 543 hervorgehoben werden, da sie für die zur Zeit ihres Erscheinens herrschenden Bestrebungen characteristisch sind.

Das erstere nahm für den Staat die Befugniss in Anspruch, gesetzliche Vorschriften über das Eingehen von ehelichen Verhältnissen zu geben und die aus diesen Verhältnissen entstehenden Rechtsstreite vor das Forum der weltlichen Gerichtsbarkeit zu ziehen. Diesen Schritt muss man als einen sehr bedeutenden anerkennen, wenn man erwägt, dass zwanzig Jahre vorher die ausschliessliche Competenz der geistlichen Gesetzgebung und Gerichtsbarkeit in Ehesachen von den Mitgliedern der Compilationscommission als unbezweifelbar erkannt wurde, ja dass man noch vor zehn Jahren sich nur damit abmühte, die geistliche Gerichtsbarkeit in Ehesachen einzuschränken, wozu man sich die Berechtigung dadurch zu schaffen glaubte, dass man die geistliche Gerichtsbarkeit als auf der Delegation der Staatsgewalt beruhend ausgab.

Nicht minder einschneidend war die durch das letztere Patent durchgeführte Reform, denn dieselbe führte für alle Stände und Länder eine gleiche Erbfolgeordnung ein, welche in Beziehung auf das freivererbliche Vermögen in allen Fällen der Intestaterbfolge eintreten sollte. An der Mannigfaltigkeit der Versuche, welche man in früherer Zeit anstellte, um eine Vermittlung zwischen den Sonderbestimmungen, welche für die Erbfolge bei den höheren Ständen galten und den Grundsätzen zu finden, die in den für die andern Stände bestehenden Erbfolgeordnungen Anerkennung erlangt hatten, lässt sich ermessen, von welch grossem socialen und volkswirthschaftlichem Einflusse diese Massregel gewesen sein muss. Da die Differenzen der verschiedenen Landesrechte auf dem Gebiete des Erbrechtes die bedeutendsten waren, so lässt sich nicht mit Ungrund behaupten, dass das Erbfolgepatent, welches diese Differenzen beseitigte, das Zustandekommen eines für alle Länder gleichen Rechtes, auf das man allerdings noch lange warten musste, möglich gemacht habe.

Nebst diesen zwei umfangreichen Gesetzen liess der Kaiser noch eine Reihe von einzelnen Verordnungen und Entschliessungen ergehen, welche theils kundgemacht wurden, theils nur bestimmt waren, als Richtschnur für die Compilationscommission zu dienen, und die einen sehr entscheidenden Einfluss auf die Umarbeitung des ersten Theiles ausübten.

Die geistige Richtung, die in denselben ausgeprägt
ist, schliesst sich an die Reformbestrebungen an, die schon
zur Zeit Maria Theresia's an den Tag traten. Die Verhältnisse aber, an denen diese Bestrebungen früher erlahm-
ten, hatten sehr viel an ihrer Widerstandskraft eingebüsst,
und mit Entschiedenheit schritt man der Verwirklichung
der Ideen entgegen, welche zu Ende des vorigen Jahr-
hundertes die Geister beherrschten. Es handelte sich dabei
namentlich um die Durchführung der Gleichheit vor dem
Gesetze mit Beseitigung des Einflusses, welcher ständischen
Unterschieden bisher auf dem Gebiete des Privatrechtes
eingeräumt war, und ausserdem um die Erweiterung der
dem Individuum zustehenden Freiheitssphäre gegenüber den
Beschränkungen, welche die Bande der Familie, des
Standes und der Gemeinde auferlegten.

Die Berathungen über die Umarbeitung des ersten
Theiles mussten sich in die Länge ziehen, weil man zunächst darauf bedacht war, die Gerichtsordnung in's Leben
treten zu lassen, die Jurisdictionsverhältnisse zu regeln so
wie die zur Durchführung dieser Gerichtsordnung nöthigen
Gerichte einzusetzen, und sich überdiess neben der Codification des Civilrechtes auch mit der Codification des Strafrechtes und des Strafprocesses beschäftigte.

Erst im October 1785 wurde dem Kaiser die von
Horten vorgenommene Umarbeitung des ersten Theiles vorgelegt. In einem sehr ausführlichen Vortrage wurden die
an dem früheren Operate vorgenommenen Aenderungen
motivirt, so wie auch die in der Minorität gebliebenen
Abänderungsanträge erörtert. Die systematische Eintheilung
erlitt nur die Aenderung, dass das Hauptstück — von den
Rechten der Anverwandten — weggelassen wurde, da der
Inhalt desselben nur eine theoretische Uebersicht der in
anderen Hauptstücken enthaltenen Bestimmungen gewährt

hätte. Ausserdem muss in Beziehung auf die äussere Form das Weglassen der Marginal-Rubriken hervorgehoben werden, da es im Zusammenhange mit dem Bestreben steht, den Wortlaut des Gesetzes als das allein Massgebende gelten zu lassen.

Dieses Bestreben machte sich auch in der Entscheidung der immer wiederkehrenden Controversen über das Gewohnheitsrecht und über die Interpretation der Gesetze geltend. Die Interpretation sollte gänzlich überflüssig gemacht werden, da man dafür hielt, dass das Gesetz klar sei, und dass unvorhergesehene Zweifel nur durch den Gesetzgeber, an den man sich wegen Erlangung einer Erläuterung zu wenden hätte, gelöst werden können. Der Controverse über das Gewohnheitsrecht wurde dadurch ein anderer Inhalt gegeben, dass man zwischen Hauptsachen und Nebenbestimmungen unterschied, unter den Letzteren aber, für welche man der Geltung von Gewohnheiten Raum geben wollte, nicht Rechtssätze, sondern quantitative Bestimmungen verstand.

Bemerkenswerth ist es, dass man bei Bezeichnung des Geltungsgebietes den bisher üblichen Ausdruck „deutsche Erblande" zu vermeiden suchte, weil das Gesetzbuch auch in Galizien eingeführt werden sollte.

Das dringende Bedürfniss nach gesetzgeberischer Thätigkeit, das sich bei Uebernahme der Verwaltung in Galizien fühlbar machte, hat, wie es scheint, zu Ende des vorigen Jahrhunderts einen nicht geringen Einfluss auf die Erhaltung der codificatorischen Thätigkeit geübt.

Die Aenderungen, welche in Ansehung der einzelnen Bestimmungen beantragt wurden, sind von grosser Zahl und zum Theile auch von sehr grosser Tragweite; von Interesse sind überdiess nicht bloss die Anträge, sondern auch deren Begründungen.

Die Aufhebung des landständischen Einstandsrechtes, welche jetzt allgemein erfolgte — nachdem man früher die bei öffentlichen Versteigerungen vorgenommenen Veräusserungen davon ausgenommen hatte — wurde ausschliesslich aus dem volkswirthschaftlichen Gesichtspuncte gefordert, dass der Werth des Grundes sinken müsse, wenn der Käufer nicht sicher sei, ob er nicht durch Dritte aus seinem Eigenthume verdrängt werden könne.

Das Hauptstück vom Eherechte nahm die durch das Ehepatent geschaffenen Reformen in sich auf; es behielt auch neben den neu aufgenommenen Bestimmungen über den Ehevertrag alle früher an diesem Platze behandelten Bestimmungen über das eheliche Güterrecht bei. Während aber früher die Dispositionsbefugniss der Gatten im Verhältnisse zu einander sehr eingeschränkt wurde, weil man an der Ueberlegungsfähigkeit derselben zweifelte und dieselben in der Lage erhalten wissen wollte, für ihre Kinder zu sorgen, sah man jetzt von derartigen Rücksichten gänzlich ab und ging von der Annahme aus, dass das, was ein Gatte an dem Vermögen des anderen zu beanspruchen habe, durchaus nicht zu einer Beeinträchtigung der Pflichttheilsberechtigung der Kinder werden könne, da diese auf das Vermögen, das die Eltern zur Zeit ihres Lebens besitzen, keinen Anspruch erheben können. Derselbe Gesichtspunct, nach welchem die Gesetzgebung nur berufen erscheint, den Unterhalt der Kinder bis zur Erlangung einer eigenen Erwerbsfähigkeit zu sichern, machte sich auch bei Motivirung der Bestimmungen geltend, durch welche die Curatel wegen Verschwendung aufgehoben wird. Auch bei diesem Anlasse wird es abgelehnt, für die Erhaltung des den Kindern gebührenden Pflichttheiles Sorge zu tragen, da ihr Wohlergehen und ihr Nutzen für den Staat nur von ihrer Erwerbsfähigkeit, nicht aber von dem

10*

Erbtheil, den sie erlangen können, abhänge. Die Verschwendung wurde nebenbei von der Majorität als etwas für den Staat, in welchem das vergeudete Vermögen der Voraussetzung nach bleibe, ganz Gleichgültiges behandelt, ja in der fortwährenden Capitalisirung der Ersparnisse eine Gefahr für den Volkswohlstand entdeckt.

Das Bestreben, die Rechtssphäre des Einzelnen scharf abgegrenzt zu erhalten, spricht sich in vielen Bestimmungen aus. Dieses Motiv liegt der Ablehnung des Antrages zu Grunde, die Vermuthung der Gütergemeinschaft hinsichtlich bäuerlicher Ehegatten auszusprechen. Aus demselben Gesichtspunkt ging man bei Behandlung der Adoption aus, indem man die Festsetzung der Wirkungen derselben der freien Vereinbarung überliess und die Adoption auch beim Vorhandensein ehelicher Kinder gestattete. Das Ignoriren der Familienbande, das in der grundsätzlichen Gleichstellung der ehelichen und unehelichen Kinder und darin seinen Ausdruck fand, dass man das Bestreiten der ehelichen Geburt nahezu unmöglich machte, lässt sich auf denselben Grundgedanken zurückführen. Dahin gehört auch die Aufhebung des Fruchtgenussrechtes, das den Eltern an dem Vermögen der Kinder zustand.

Die belangreichsten Aenderungen wurden in dem Hauptstücke von der Vormundschaft vorgenommen. Mit Zuhilfenahme des Unterschiedes zwischen Vormundschaft und Curatel gelangte man zur Anerkennung dessen, dass der Wirkungskreis eines Vormundes sich auf das ganze Geltungsgebiet des Gesetzes erstrecken solle, so dass nur die ausserhalb des Landes, in dem der Vormund seinen Sitz hat, gelegenen Immobilien unter einer als Curatel bezeichneten besonderen Verwaltung stehen sollten. Wie sehr diese Massregel gegen die herrschenden Anschauungen abstach, welche die einzelnen Länder im Verhältnisse zu

einander als abgesonderte Staaten in jurisdictioneller Beziehung behandelten, lässt sich daraus entnehmen, dass man
es für nöthig fand, ausdrücklich die Verwendung der in
einem Lande erzielten Einkünfte zur Verwaltung der in
einem andern Lande gelegenen Vermögensbestandtheile zu
gestatten.

Die Auffassung der Vormundschaft als eines öffentlichen Amtes drang in immer reinerer Form durch. Der
bisher festgehaltene Zusammenhang zwischen dem Erbrechte und dem als Pflicht behandelten Rechte, eine Vormundschaft anzutreten, wurde gelockert, indem der Verlust
der Erbberechtigung nicht mehr als Strafe für die Unter-
lassung der Vormundschaftsantretung angedroht wurde.
Als eine Consequenz dieser Aenderung kann man es ansehen, dass die dem Vormunde bisher gesetzlich auferlegte
Sicherstellungspflicht gemildert und es sowohl dem Vater
des Mündels als dem Gerichte möglich gemacht wurde,
dieselbe ganz oder theilweise zu erlassen.

Bemerkenswerth ist es, dass man sich von der Richtung lossagte, welche den Minderjährigen dadurch schützen
wollte, dass sie diejenigen, welche mit ihm in geschäftliche
Verbindung treten, in eine rechtlich nachtheiligere Lage ver-
setzte. Man hielt den Schutz, der in der Ungültigkeit aller
von dem Mündel ohne vormundschaftliche Genehmigung
geschlossenen onerosen Verträge liegen sollte, für ausreichend und hob namentlich auch die Strafbestimmungen
auf, welche denjenigen angedroht waren, die einem Mündel
Geld borgten.

Mit Einstimmigkeit sprach sich die Commission ferner
dafür aus, die Grenze der Minderjährigkeit herabzusetzen.
Man fand es ungerechtfertigt, dass der Mensch ein Drittel
und oft die Hälfte seines Lebens am Gängelbande der
Vormundschaft zubringen solle. Es wurde darauf hinge-

wiesen, dass man Bauern, Gewerbs- und Handelsleute lange vor Erreichung des vierundzwanzigsten Jahres zur Eigenberechtigung zulasse. Wenn die Angehörigen niederer Stände früher im Leben selbständig auftreten können, so lasse sich kein Grund finden, warum man annehmen sollte, dass die geistige Reife bei den Angehörigen höherer Stände später eintrete, und dass man nicht einmal die Zeit als Grenze der Minderjährigkeit sollte festsetzen können, in welcher man seine Ausbildung an einer Hochschule vollendet habe. Als Grenze der Minderjährigkeit wurde das einundzwanzigste Jahr als Durchschnitt der in den österreichischen Ländern früher bestandenen Minoritäts-grenzen vorgeschlagen. Dieser Vorschlag, welcher auch noch damit unterstützt wurde, dass die Grossjährigkeits-erklärungen zu einer blossen Formalität geworden waren, erlangte nicht die kaiserliche Genehmigung. Uebersehen wurde aber dabei, dass die Commission den Unterschied zwischen Vogtbarkeit und Grossjährigkeit mit den an die erstere geknüpften Erweiterungen der Dispositionsfähigkeit des Minderjährigen in der Voraussetzung beseitigt hatte, dass die Grenze der Minderjährigkeit auf einundzwanzig Jahre werde herabgesetzt werden. Die Voraussetzung traf nicht zu, das Stadium der Vogtbarkeit blieb aber beseitigt.

Wenn man den eben dargestellten Vortrag, mit welchem die Sanction des Josephinischen Gesetzbuches erbeten wurde, mit der Art der Erörterungen vergleicht, welche in früherer Zeit über dieselben legislativen Fragen gepflogen wurden, so macht sich namentlich der Unterschied bemerkbar, dass man bei Erstattung dieses Vortrages sich nament-lich die Anwendung des Gesetzes auf bürgerliche Kreise und auf mittlere Vermögensverhältnisse vor Augen hielt, während man früher die Beispiele der Rechtsanwendung mit Vorliebe den Verhältnissen der höheren Stände entlehnte.

Die kaiserliche Entschliessung, welche am 21. Februar
1786 herablangte, machte mehrere Aenderungen des Entwurfes nothwendig, welche die Commission nach den Anträgen Horten's sofort vornahm, so dass die Sanction des
Entwurfes mit der Anordnung der Publication schon am
31. März 1786 erfolgen konnte.

Die Publication selbst aber erlebte Horten nicht mehr;
denn dieselbe erlitt eine Verzögerung dadurch, dass der
Kaiser an Sonnenfels den Auftrag ergehen liess, den Entwurf in stylistischer Beziehung noch vor dem Drucke zu
rectificiren. Dieser Auftrag wurde aber als Anhaltspunct
zu Untersuchungen benützt, die in die Sache selbst ein-
gingen; und die Hofkanzlei, welche gegen mehrere Bestimmungen Bedenken erheben zu müssen glaubte, hielt
sich berufen, mit der Kundmachung zurückzuhalten. Es
bedurfte eines neuen, entschiedenen Auftrages der Kaisers,
damit die Kundmachung endlich am 1. November 1786
— nur zwei Monate vor dem schon früher auf den 1. Jänner
1787 festgesetzten Beginne der Wirksamkeit des Gesetzes —
erfolgen konnte.

In der Zwischenzeit war Horten gestorben, und die
Aufgabe, das Kundmachungspatent zu entwerfen, fiel schon
dem Hofrath von Kees zu, der von nun an das Referat
bei den das Civilrecht betreffenden Codificationsarbeiten
führte. Als Grundlage seiner Arbeiten benützte er den
von Horten über den zweiten und dritten Theil ausgearbeiteten Entwurf, und die Ergebnisse der über die ersten
zwanzig Hauptstücke des zweiten Theiles gepflogenen Berathungen.

Zunächst beabsichtigte man, unter Festhaltung an dem
Plane, das Gesetzwerk bruchstückweise erscheinen zu lassen,
als zweiten Theil die das Erbrecht betreffenden Hauptstücke
zu publiciren, da man dafür hielt, dass auf diesem Gebiete

das Bedürfniss nach einem einheitlich codificirten Gesetze am lebhaftesten gefühlt werde. Die Genehmigung zur Befolgung dieses Planes wurde vom Kaiser erwirkt, allein die Realisirung desselben blieb aus. Ein Erklärungsgrund dafür lässt sich darin finden, dass die Aufgabe der Compilationscommission allmählig auf nahezu alle Zweige der Justizgesetzgebung erweitert worden war. Sie hatte überdiess nicht bloss neue Gesetzbücher vorzubereiten; es erwuchs ihr eine besondere und nicht geringe Aufgabe aus der Beantwortung der vielfachen Anfragen um Erläuterung der erlassenen Gesetze.

Von nicht geringem Interesse ist die Erweiterung, welche der Wirkungskreis der Commission nach einer andern Richtung hin erfuhr. Angeregt durch eine von Hofrath von Kees eingereichte Denkschrift verfügte der Kaiser in einem zu Semlin am 22. Mai 1788 ausgefertigten Handschreiben, dass Mitglieder der ungarisch-siebenbürgischen Hofkanzlei an den Berathungen der Compilationscommission theilnehmen sollen. Förderung des Bekanntwerdens der Landesverhältnisse war das Motiv, welches der von Kees beantragten Massregel zu Grunde gelegt wurde.

3. Arbeiten während der Regierung Leopold's II.

Dem Aufschwunge, welchen die Codificationsarbeiten unter Kaiser Joseph nahmen, folgte nach seinem Tode ein starker Rückschlag. Es trat nicht bloss eine sehr bedeutende Störung in dem Fortgange der Codificationsarbeiten ein, sondern es wurde auch der Bestand der publicirten Gesetzbücher in Frage gestellt.

Kaiser Leopold II. liess sich bald nach seinem Regierungsantritte von dem Präsidenten der Compilations-

commission einen Vortrag über deren Geschäftsgang und
Wirksamkeit erstatten. Dieser Vortrag konnte nicht geringe Resultate der während der unmittelbar vorangegan-
genen Periode angewandten Mühe aufzählen. War es doch
gelungen, die Gerichtsordnung, den ersten Theil des bürgerlichen Gesetzbuches, das Strafrecht und die Criminalgerichts-
ordnung in's Leben zu rufen und ausserdem eine Reihe
sehr wichtiger Reformen durch Gesetzesnovellen durchzuführen.

Trotz dieser Erfolge, mit denen die legislatorischen
Arbeiten — seit dem Beginne des achtzehnten Jahrhunderts
zum ersten Male — gekrönt waren, fand Leopold II. sich
dennoch bestimmt, die Compilationscommission am 2. April
1790 aufzulösen und unter dem Präsidium Martini's eine
neue Commission, zu welcher kein Mitglied der früheren
Commission zugezogen wurde, einzusetzen. Diese Commission wurde „mit der Untersuchung der bis nun ergan-
„genen Civil-, Criminal-, sowie auch der einschlagenden po-
„litischen Gesetze und der bis jetzt bestehenden Gerichts-
„ordnung" betraut.

Trotz dieser beschränkten Aufgabe erachtete sich diese
Commission doch berufen, die Fortsetzung der im Zuge
befindlichen Codificationsarbeiten vorzubereiten. Ein zu
diesem Zwecke schon im August 1790 gemachter Vorschlag
lässt zugleich die Richtung erkennen, welche durch Einsetzung dieser Commission zur Herrschaft gelangt war.
Die Commission fand nämlich für gut, indem sie einen
Rückblick auf die früheren vergeblichen Codificationsarbeiten
warf, sich darüber auszusprechen, dass sie dem Kaiser „nie
etwas, was wider die allgemeine Denkungsart ist" anrathen
und namentlich nicht empfehlen wolle, dass allen Provinzen,
„wo die Localität und andere eintretende wichtige Ursachen
ein Hinderniss machen können," das nämliche Gesetz

gegeben werde. Damit nun die provinziellen Eigenthümlichkeiten zur Geltung kommen können, sollte der von
Horten verfasste Entwurf aller drei Theile des bürgerlichen
Gesetzbuches nach einer vorläufigen Revision der Begutachtung von Commissionen unterzogen werden, welche bei
allen Appellationsgerichten einzusetzen, und zu denen auch
Abgeordnete der Stände zuzuziehen wären.

Der Kaiser genehmigte diesen Vorschlag; das Bedürfniss nach einer Rechtseinheit war aber doch schon so stark
geworden, dass er sich bewogen fand, trotz der herrschenden Strömung in seine Entschliessung den Beisatz aufzunehmen, man habe sich als Grundsatz gegenwärtig zu
halten, „dass in der Regel in allen deutschen und böh-
„mischen Erbländern nur einerlei Gesetz sein solle, und
„dass nur insoweit, als die Umstände des einen oder des
„anderen Landes ein anderes erheischen, eine Ausnahme
„von der Regel Platz zu greifen habe."

Dieser vom Kaiser genehmigte Vorschlag kam zunächst
nicht zur Ausführung, man beschäftigte sich vielmehr damit, im Centrum der Regierung eine Reform des zur Zeit
Joseph's II. publicirten ersten Theiles des bürgerlichen
Gesetzbuches vorzubereiten.

Die Entschiedenheit dieser Reformbestrebungen reichte
aber nur aus, um eine Novelle zu Stande zu bringen,
welche dem Kaiser am 27. November 1790 vorgelegt und
von diesem am 22. Februar 1791 sanctionirt wurde. Dieselbe enthält acht Puncte, unter denen namentlich die Be-
seitung des Gebotes, im Falle eines Zweifels eine Gesetzes-
erläuterung beim Landesfürsten zu erbitten, und die Beschränkung des Anspruches unehelicher Kinder auf Gewährung des Unterhaltes bis zur Erlangung der eigenen
Erwerbsfähigkeit die belangreichsten sind.

Nach dem Erscheinen dieser Novelle liess sich die

Commission, bei welcher Hofrath von Haan das Referat führte, in eine Umarbeitung des Josephinischen Gesetzbuches selbst ein. In dem Vortrage, mit dem sie die von ihr beantragten Aenderungen der kaiserlichen Sanction am 30. Juli 1791 unterbreitete, fand die Bemerkung Raum: „dass der „guten Ordnung, dem sichern Eigenthume, dem allgemeinen „innerlichen Wohlstande nichts schädlicher sei, als die „immer abwechselnden Aenderungen in Gesetzen, Ver- „fassungen und Einrichtungen, wodurch meistens einer ein- „gebildeten Verbesserung zu Liebe das Gedeihen überhaupt „gestöret und schon wieder ausgerissen wird, was kaum „Wurzel zu fassen die Zeit gehabt hat."

Die in dieser Aeusserung sich aussprechende Unsicherheit der Aenderungstendenzen herrschte auch dort vor, wo man über die Anträge der Commission zu entscheiden hatte; denn viele derselben wurden weder angenommen noch abgelehnt, sondern zur neuerlichen Berathung verwiesen.

---

4. Arbeiten während der Regierung Franz' I.

Das Resultat der Berathung über das Josephinische Gesetzbuch erlangte erst nach dem Eintritt eines Regierungswechsels am 27. März 1792 die kaiserliche Genehmigung.

Diese Genehmigung bildet die Grundlage eines Entwurfes des ersten Theiles des allgemeinen bürgerlichen Gesetzbuches, in welchem nur die vom Josephinischen Gesetzbuche abweichenden Textesstellen aufgenommen erscheinen und den man sofort mit Berufung auf den unter Kaiser Leopold ertheilten Auftrag an die Appellationsgerichte zur Begutachtung überschickte. In dem Erlasse, der desshalb an diese Gerichte erging, unterliess man nicht hervorzuheben, dass die Rechtseinheit in allen deutschen und böhmischen Erblanden die Regel bilden solle, und knüpfte daran die Folgerung, „daher der Entwurf nicht „zu kritisiren, sondern nur aus dem Gesichtspuncte zu be-„urtheilen ist, ob derselbe den besonderen wesentlichen „Landesgesetzen zuwider, nicht deutlich genug bestimmt, „in einem oder anderen Absatze ganz überflüssig oder „nicht erschöpfend sei." Um zur Kürze zu nöthigen (man hoffte nämlich alle Gutachten vor Schluss des Jahres 1792 zu erhalten), gestattete man nur, jene Erinnerungen zu machen, die von dem Entwurfe einer Textesverbesserung begleitet wären.

Bemerkenswerth ist es, dass man es für nothwendig fand — wahrscheinlich wegen der zuzuziehenden ständischen Vertreter — ausdrücklich zu verbieten, dass die einer Körperschaft angehörigen Mitglieder der zu errichtenden Commissionen ihr Votum nur unter dem Vorbehalte des Beschlusses der Körperschaft, welcher sie angehören abgeben.

Fast gleichzeitig mit den Gerichten wurden auch Professoren der Universitäten Wien, Prag, Lemberg, Innsbruck und Freiburg aufgefordert, ihr Gutachten über den Entwurf abzugeben.

Das Resultat dieser Begutachtungen wurde von Hofrath von Kees, welcher bald nach dem Regierungsantritte des Kaisers Franz in die Gesetzgebungscommission wieder aufgenommen worden war, verarbeitet. Die Redaction des neuen Entwurfes, welcher dem Kaiser am 3. Mai 1794 unterbreitet wurde, übernahm Freiherr von Martini.

Der neue Entwurf unterscheidet sich von seinen Vorgängern in Beziehung auf seinen Inhalt dadurch, dass demselben mit Berufung auf die früheren Codificationsarbeiten ein neues Hauptstück — von den Rechten und Pflichten zwischen Herrschaften und Dienstpersonen — hinzugefügt wurde. Durch dasselbe beabsichtigte man die unter Kaiser Joseph II. erlassene Dienstbotenordnung dem Gesetzbuche einzuverleiben und dieselbe zugleich zu reformiren. Dieses Hauptstück sollte nach dem Antrage der Gesetzgebungscommission sofort in Wirksamkeit treten, während die Publication des übrigen Theiles des Entwurfes bis zur Sanction des zweiten und dritten Theiles des bürgerlichen Gesetzbuches aufgeschoben bleiben sollte.

In den anderen am Entwurfe vorgenommenen Aenderungen treten keine neuen Grundsätze, sondern nur Meinungsverschiedenheiten über Detailbestimmungen und über die Reihenfolge derselben an den Tag.

Bei der Redaction und Berathung des Entwurfes scheint man den aus den verschiedenen Ländern eingelangten Gutachten keinen sehr grossen Einfluss eingeräumt zu haben; man glaubte wenigstens den Umstand, dass wenige der in einem Gutachten enthaltenen Bemerkungen sich in anderen Gutachten wiederholen, kein einziger Aenderungsantrag sich aber in allen Gutachten übereinstimmend finde, so auffassen zu sollen, dass der Entwurf von den vernommenen Commissionen mit Stimmenmehrheit unverändert angenommen wurde.

Den grössten Raum nahmen die Erörterungen über die in das erste Hauptstück aufzunehmenden allgemeinen Sätze ein, in welchen man die Rückwirkungen der gleichzeitigen französischen Bewegung wahrnehmen kann. Bemerkenswerth ist es, dass aus Böhmen der Antrag kam, in dem ersten Hauptstücke staatsrechtliche Grundsätze auszusprechen. Dieser Antrag wurde zwar in dem über die Ländergutachten ausgearbeiteten Referate sehr wegwerfend behandelt, in den Entwurf wurden aber dennoch Definitionen über den Staat, den Staatszweck, das Gesetzgebungsrecht aufgenommen. Diese allgemeinen Sätze, dann die

Definitionen des Rechtes, die Erklärung der angebornen Rechte, des Masses von Freiheit und Gleichheit, das Jedem im Staate zukomme, scheinen das Haupthinderniss der Sanctionirung des Entwurfes gebildet zu haben.

Es entspann sich ein eigenthümlicher Kampf zwischen der Gesetzgebungscommission und der — Directorium genannten — obersten Verwaltungsbehörde, welche einen Einfluss auf die Begutachtung des Entwurfes zu erlangen strebte. Die Gesetzgebungscommission hatte es unterlassen, dem Directorium den Entwurf vor der Vorlage an den Kaiser mitzutheilen, da sie denselben nur als eine neue Redaction ansah, und beschränkte sich darauf, dem Directorium das dem Entwurfe neu hinzugefügte Hauptstück über die Rechtsverhältnisse zwischen Dienstherren und Dienstleuten gleichzeitig mit der Vorlage des ganzen Entwurfes an den Kaiser zuzuschicken.

Das Directorium begehrte aber den ganzen Entwurf zur Einsicht und beanspruchte das Recht, sich über denselben gutächtlich auszusprechen. Von diesem Begehren wurde auch nicht abgegangen, nachdem die Gesetzgebungscommission vorgestellt hatte, dass der Entwurf in seiner früheren Fassung mit der obersten Verwaltungsbehörde vereinbart worden war, und die Commission sah sich genöthigt, die Rückstellung des Entwurfes vom Kaiser zu erbitten, um ihn dem Directorium mittheilen zu können.

In dem zu diesem Zwecke erstatteten Vortrage wird darüber Klage geführt, dass das Directorium die legislativen Arbeiten ungebührlich verzögere: so sei über die vor mehr als einem Jahre erfolgte Mittheilung des Seerechtes noch gar nichts geschehen. Dringend wurde darum gebeten, dem Directorium Beschleunigung aufzutragen, und dasselbe zugleich anzuweisen, sich bei seinem Gutachten nur auf die Beziehungen des Entwurfes zu den Aufgaben der politischen Verwaltung zu beschränken.

Statt diesen Anträgen stattzugeben, fand sich der Kaiser bestimmt, am 21. Juli 1794 bei dem Directorium eine besondere Commission unter ausschliesslicher Zuziehung von Verwaltungsorganen einzusetzen, dieselbe mit der Prüfung des von der Gesetzgebungscommission vorgelegten Entwurfes zu beauftragen, und weiter anzuordnen, dass die Berathungsresultate der neu eingesetzten Commission der Gesetzgebungscommission mitgetheilt und sammt den hierauf folgenden Erörterungen dieser Commission dem Kaiser vorgelegt werden sollten.

Eine ähnliche Massregel hatte man gegen das Ende der Regierungszeit Maria Theresia's ergriffen, um die zur Sanction vorliegende Gerichtsordnung in das Stadium endloser Berathungen zurückzuwerfen. Nach der Art, in welcher die neu eingesetzte Revisionscommission an die Lösung ihrer Aufgabe schritt, musste man ernstlich besorgen, dass die Berathungen derselben das Grab der durch nahezu ein halbes Jahrhundert beharrlich fortgesetzten Codificationsbestrebungen werden würden.

Mehr als ein Jahr verstrich, ehe die Commission zur ersten Sitzung zusammentrat, und als sie ihre Berathungen begann, gingen dieselben äusserst langsam von statten.

Die Gesetzgebungscommission, welche, nachdem die Revisionscommission mit der Berathung des dritten Hauptstückes zu Ende gekommen war, vom Kaiser angewiesen wurde, eine gemeinschaftliche Sitzung mit der Revisionscommission zur Austragung der sich herausstellenden Meinungsverschiedenheiten zu veranstalten, benützte diesen Anlass, um dem Kaiser vorzustellen, dass die Beendigung des Gesetzwerkes bei dem eingeschlagenen Vorgange, nach welchem die Arbeiten der einen Commission der Prüfung

einer neuen Commission unterzogen werden, nicht abzuwarten sein werde. In dem Bestreben zu verbessern gehe
die Zeit und aller Vortheil verloren, den ein einheitliches,
codificirtes — wenn auch minder vollkommenes — Gesetz
herbeiführen könnte. Je mehr Köpfe sich an der Arbeit
betheiligen, desto mehr Meinungsverschiedenheiten werden
auftauchen, und man „werde immer einem neuen Anfange
„näher als dem Ende rücken". An einer Reihe von Bei-
spielen wird gezeigt, von welch geringfügiger Bedeutung
die Aenderungen sind, welche die Revisionscommission in
Beziehung auf die Stoffvertheilung und Ausdrucksweise
vornahm, und die es nicht zu rechtfertigen scheinen, dass
man, wie es von Seite der Revisionscommission geschah,
den Entwurf vollständig umarbeite. Von welcher Tendenz
die vorgenommenen Aenderungen in der Ausdrucksweise
waren, lässt sich aus folgender Bemerkung der Gesetzgebungscommission entnehmen, dass sie „gerne die aus
„den Umständen der Zeiten so verhasst gewordenen Worte
„von bürgerlicher Freiheit, von Gleichheit der Rechte ganz
„hinweglassen wolle, in der Ueberzeugung, dass desswegen
„dem Kopfe und dem Herzen des Gesetzgebers so wie
„seiner Rathgeber zu einer klugen, sanften und gerechten
„Regierung, die der Ruhe und Zufriedenheit der Völker so
„nothwendige Lehre tief eingeprägt sein werde, dass Recht
„und Pflicht alle Classen der Unterthanen in gleicher Art
„treffen, und die Freiheit des Menschen nicht weiter, als
„es das wahre Wohl der bürgerlichen Gesellschaft fordert,
„beschränkt werden soll."

Die Gesetzgebungscommission hatte um so mehr Anlass, für die Zukunft der Codificationsarbeiten besorgt zu
sein, da sie während der Zeit, als die beim Directorium
eingesetzte Commission mit der Revision des ersten Theiles
beschäftigt war, den Entwurf der beiden andern Theile

vollendet hatte und nun wünschen musste, dass hinsichtlich der Berathung dieses Operates solche Anordnungen getroffen werden, welche Garantien eines gedeihlichen Erfolges bieten.

Als unerlässlich wurde hervorgehoben, dass nicht zwei, sondern nur Eine Commission mit der Prüfung des Entwurfes betraut werde, denn eine einheitliche Richtung müsse vorherrschen, sonst wäre es ja dem Kaiser unmöglich, unter den von den verschiedensten Gesichtspuncten aus gehenden Anträgen zu wählen. Einheit sei auch darum nothwendig, weil der Commission, welche die Ausarbeitung des Gesetzwerkes zu Stande bringt, auch die Aufgabe wird zufallen müssen, die Beobachtung des Gesetzes zu überwachen und alle auftauchenden Anfragen und Zweifel im Sinne des Gesetzes zu erledigen.

Mit Berücksichtigung dieser Anträge verfügte der Kaiser am 20. November 1796, dass das fertige Gesetzeswerk als Entwurf den zur Begutachtung des ersten Theiles eingesetzten Ländercommissionen mitgetheilt und zugleich als eine Privatarbeit der literarischen Kritik des Inlandes und Auslandes unterzogen werde.

Den Ländercommissionen sollte eine Frist von zwei Jahren zur Erstattung ihrer Gutachten gegeben und durch Bestimmung von Preisen auf die Belebung literarischer Thätigkeit hingewirkt werden. Das auf diese Weise erzielte Materiale wäre einer Commission zu übergeben, die aus den Mitgliedern der beiden Commissionen gebildet werden sollte, und die das Resultat ihrer Berathungen capitelweise dem Kaiser vorzulegen hätte. Dieser Commission sollte auch die Ueberwachung der Gesetzesanwendung und die Erledigung aller Anfragen über die Auslegung des Gesetzes übertragen werden.

Fast noch wichtiger, als diese Massregel, welche etwas

mehr Entschiedenheit in den Gang der Berathungen brachte, war es für das Gelingen der Codificationsarbeiten, dass der Entwurf des ganzen Gesetzes fast gleichzeitig mit der Einleitung der Begutachtung desselben, in Westgalizien und später auch in Ostgalizien als provisorisches Gesetz eingeführt wurde.

Die Vorbereitungen für den weiteren Gang der Berathungen, mit denen sich die Gesetzgebungs- und die Revisionscommission in gemeinschaftlichen Sitzungen zu beschäftigen hatten, führten zu einigen nicht unerheblichen Aenderungen der oben erwähnten Verfügungen des Kaisers.

Man gab es namentlich auf, den Entwurf als Privatarbeit zu publiciren und die literarische Kritik durch die Aussetzung von Preisen aufzumuntern, weil man sich wenig Erfolg von dieser Massregel versprach, und weil man es für unpassend hielt, zur Kritik eines Operates aufzufordern, das man gleichzeitig in Galizien als Gesetz einführe. Ferner wurde beschlossen, die einzusetzende Berathungscommission nicht erst nach dem Einlangen der Gutachten, sondern sofort zu bilden, damit die Mitglieder der Commission Zeit gewinnen, sich vorzubereiten, und die Commission sowohl die aus Galizien einlangenden Anfragen über die Auslegung des dort als Gesetz eingeführten bürgerlichen Gesetzbuches erledigen, als auch die im Zuge befindlichen Codificationsarbeiten über andere Zweige der Justizgesetzgebung fortsetzen könne.

Bei Erstattung der Vorschläge für die zu ernennenden Mitglieder der Commission wurde an dem Grundsatze festgehalten, die oberste Justizstelle und die oberste Verwaltungsbehörde durch gleich viel Mitglieder vertreten zu lassen. Bei der Auswahl der der obersten Verwaltungsbehörde angehörenden Mitglieder suchte man für jede der drei Ländergruppen — Böhmen, Mähren, Schlesien mit Galizien —

Nieder-, Ober- und Innerösterreich — dann Tyrol mit den Vorlanden — je einen Vertreter. Einem vierten Mitgliede wollte man den mehr theoretischen Theil der Aufgabe so wie die Redaction übertragen, wofür wahrscheinlich Sonnenfels, der bei der Revisionscommission das Referat geführt hatte, in Aussicht genommen wurde. Von Seite der bei dieser gemeinschaftlichen Sitzung betheiligten Justizmänner wurde der Rücksicht auf die Vertretung der Provinzen die Rücksicht auf die juristische Ausbildung als das gewichtigere Moment entgegengesetzt, und darnach bei der Auswahl der einzelnen Mitglieder vorgegangen. In Folge des bei diesem Anlasse gemachten Vorschlages kam der Appellationsrath von Zeiller in die Commission, der bei den folgenden Berathungen über die Codification des Civilrechtes das Referat führte.

Gleichzeitig schieden zwei Männer aus der Commission, welche einen hervorragenden Antheil an den früheren Codificationsarbeiten genommen hatten, und die man, wie es scheint, allseitig zugezogen zu sehen wünschte. Es waren diess Froidevo, der zur Zeit Maria Theresia's den Entwurf der Gerichtsordnung, welcher die Grundlage des jetzt geltenden Gesetzes bildet, ausgearbeitet hatte, und Freiherr von Martini, der unter Mitbetheiligung des Hofrathes von Kees den an die Ländercommissionen versandten Entwurf des bürgerlichen Gesetzbuches redigirt hatte. Zunehmendes Alter war der angegebene, Verstimmung über das Verschleppen und die Erfolglosigkeit aller Arbeiten wahrscheinlich der wirkliche Grund des Rücktrittes dieser Männer.

Beiläufig vier Jahre vergingen, ehe alle abgeforderten Gutachten eingelangt waren und die Commission ihre Thätigkeit beginnen konnte. Den Berathungen derselben wurde nebst dem an die Ländercommissionen vertheilten

Entwurfe ein Auszug zu Grunde gelegt, den Zeiller aus
den eingelangten Gutachten verfasst und nach der Paragraphenfolge des Entwurfes geordnet hatte.

Im Jahre 1802 war die Commission in der Lage, dem
Kaiser den ersten Theil des bürgerlichen Gesetzbuches
sammt den Berathungsprotocollen vorzulegen; die Sanctionirung dieses Theiles, die man damals erwartet zu haben
scheint, blieb aber aus, und erst im Jahre 1804 wurde der
Commission bedeutet, dass der Kaiser die Vorlage bloss
zur Kenntniss genommen habe. Um diese Zeit scheint die
Tendenz, die man bei den Codificationsarbeiten bisher verfolgte und nach welcher man alle verschiedenen Landes-
gesetze durch Ein Reichsgesetz zu ersetzen bestrebt war,
in's Wanken gerathen zu sein, denn in demselben
Jahre erging der Auftrag, in den verschiedenen Ländern
die aufrechtzuhaltenden Landesstatute zu sammeln. Diese
Vermuthung dürfte sich um so mehr als gerechtfertigt
herausstellen, als der Versuch, die Provinzialgesetze neben
dem bürgerlichen Gesetzbuche in Geltung zu erhalten, von
dem Präsidenten der Gesetzgebungscommission noch bei
Gelegenheit der Einholung der kaiserlichen Sanction für
das fertige Werk gemacht wurde.

Die Commission hatte die Berathungen über alle drei
Theile des Gesetzbuches im Jahre 1806 beendet; das Resultat derselben wurde über Anregung Zeiller's einer Revision durch ein kleines Comité unterzogen.

Am 19. Jänner 1808 wurde dem Kaiser der fertige
Entwurf des ganzen Gesetzbuches, nebst den Berathungs-
protocollen und einem Vortrage, welcher die durch diesen
Entwurf erfüllte Codificationsaufgabe characterisiren und
einen Vergleich mit dem römischen Rechte, dem preussischen
Landrechte und dem code civil ziehen sollte, ferner der
Entwurf eines Kundmachungspatentes vorgelegt. Dieser

letztere Entwurf schien dem Präsidenten der Gesetzgebungscommission, Graf Rottenhann, zu wenig schwunghaft abge-
fasst, und er legte dem Kaiser am 29. Februar 1808 einen
eigenen Entwurf vor, welcher sich von dem Entwurfe der
Commission namentlich dadurch unterschied, dass er die
Anwendbarkeit des bürgerlichen Gesetzbuches auf die in
den Provinzialrechten nicht entschiedenen Fälle eingeschränkt wissen wollte. Diese Provinzialrechte, deren
Sammlung seit dem Jahre 1804 im Zuge war, sollten aber
gleichzeitig mit dem bürgerlichen Gesetzbuche sanctionirt
und kundgemacht werden. Die Commission war über diesen Punct anderer Meinung und hielt dafür, es wäre in
einem späteren Zeitpuncte zu bestimmen, ob und welche
Sonderbestimmungen der Provinzialrechte aufrechterhalten
werden sollen; gleichzeitig beklagte sie sich, dass die vor
bereits vier Jahren eingeleitete Sammlung trotz vielfacher
Betreibungen nicht von statten gehe.

Nahezu zwei Jahre verstrichen, ehe irgend eine Verfügung über die dem Kaiser gemachte Vorlage herablangte, und als sie erschien, sah sich die Commission
wieder in das Stadium der Berathungen zurückgeworfen,
indem angeordnet wurde, einige aus dem Staatsrathe her-
rührende Bemerkungen in Erwägung zu ziehen.

Die Commission, in deren Präsidium inzwischen ein
Wechsel vor sich gegangen war, indem an die Stelle des
verstorbenen Grafen Rottenhann der Oberst-Landrichter
von Haan trat, ging rasch an's Werk, beschränkte sich in
ihren Berathungen auf die ihr mitgetheilten Bemerkungen
und erledigte dieselben in einem kleinen Comité. Bereits
am 22. Jänner 1810 war die Commission in der Lage,
dem Kaiser das ganze Operat vorzulegen; bei diesem Anlasse sprach sie sich zugleich über die inzwischen eingelangten Sammlungen der Provinzialstatute und zwar in dem

Sinne aus, es sei nicht nothwendig, ein „besonderes, die „Gleichförmigkeit des Rechtes störendes Statut" als Gesetz gelten zu lassen.

Ein neues Hinderniss trat aber der vollständigen Beendigung des ganzen Werkes dadurch entgegen, dass eine Verhandlung mit der allgemeinen Hofkammer wegen der Redaction einiger Paragraphe im Hauptstücke vom Darlehensvertrage eingeleitet worden war, welche, da die Hofkammer mit ihrer Antwort zögerte, nicht zu Ende gebracht werden konnte.

Nach beiläufig einem halben Jahre sanctionirte der Kaiser den Entwurf mit Ausnahme der durch die Verhandlung mit der Hofkammer in Schwebe gehaltenen Gesetzesstellen, und ordnete zugleich an, dass die Hofkammer längstens binnen acht Tagen ihr Gutachten abgebe. Da nun die endliche Erledigung der Aufgabe, an der man sich durch mehr als ein halbes Jahrhundert abmühte, ganz nahe bevorzustehen schien, so wurde über Auftrag des Kaisers mit dem Drucke des Gesetzbuches und zugleich auch mit der Abhaltung von Vorträgen über dasselbe an den Universitäten begonnen. Gleichwohl neigte sich das Jahr 1810 zu Ende, ehe die vereinbarte Fassung der beanständeten Gesetzesstellen dem Kaiser unterbreitet werden konnte, dem man vorstellte, welch peinliches Aufsehen es im Inlande und Auslande erregen müsste, wenn das angekündigte Erscheinen des Gesetzbuches lange auf sich warten liesse, oder wenn gar die begonnenen Lehrvorträge abgebrochen werden müssten. Diess würde aber unvermeidlich sein, wenn die Sanction nicht bald erfolgen würde.

Statt der Sanction kam aber am 15. März 1811 der Auftrag, die durch das Finanzpatent vom 20. Februar 1811 nothwendig gemachten Aenderungen im Gesetzbuche durchzuführen. Die Commission widerrieth es sehr entschieden,

dass man den Inhalt des Finanzpatentes, da dieses doch
nur Massregeln von vorübergehender Bedeutung enthalte,
in das Gesetzbuch aufnehme, und empfahl nur durch das
Kundmachungspatent auf die Aufrechthaltung der Finanz-
massregeln hinzuweisen.

Diesem Antrage wurde stattgegeben und durch die
Entschliessung vom 26. April 1811 die endgültige Sanction
des ganzen Gesetzbuches ausgesprochen.

Mit dem Ausdrucke des Wunsches, „dass dieses wich-
„tige Werk den Ruhm des Gesetzgebers so wie die Wohl-
„fahrt seiner Völker auf fortwährende Zeiten befestigen
„möge," überreichte der Präsident der Gesetzgebungscommission dem Kaiser am 24. Juni 1811 das Gesetzbuch und
brachte so die Codificationsarbeiten zum Abschluss.

Druck von G. J. Manz in Regensburg.